Johan Frinsel

Weihnachtliche Erzählungen

Johan Frinsel

Weihnachtliche Erzählungen

Schwengeler

ISBN-Nr. 3-85666-166-2
Bestell-Nr. 166

Übersetzt aus dem Holländischen von Ivonne Rapp

4. Auflage 2000

Umschlag und Gesamtherstellung:
Cicero Studio, Hinterburgstrasse 8, CH-9442 Berneck

Inhalt

Das Fest

Zur Seite geschoben!

Ja, das hatten sie ihn. – Einfach zur Seite geschoben!

Wie ein altes, wertloses Möbelstück. «Du hast ausgedient, Opa.» Natürlich hatten sie es nicht so direkt gesagt. Dafür waren sie zu anständig. Wir leben in einer Zeit, in der man für alles und jeden Verständnis aufbringt, schliesslich sind uns die zwischenmenschlichen Beziehungen wichtig ...

Schöne Worte! Doch davon kann man sich nichts kaufen. Sie waren nicht unfreundlich gewesen. Nein – so schlimm war es nicht gewesen. Jedoch deutlich genug, dass er gleich verstanden hatte.

Zuhause hatte es auch noch Ärger gegeben. Trude, seine Frau, glaubte nicht, dass sie es böse meinten. Was wusste sie schon? Er hatte ihr mit aller Deutlichkeit gesagt, dass sie das nicht verstünde. Hinterher hatte er es bedauert, sie so angefahren zu haben. Seine Nerven hatten ihn einfach im Stich gelassen. Er hatte genau begriffen, was die anderen im Schilde führten. Ihm konnte man nichts vormachen. Doch er hatte nicht die richtigen Worte gefunden, um das Trude erklären zu können.

Mehr als 22 Jahre lang hatte er am Weihnachtsfest Orgel gespielt. Dann kamen die Kinder der Sonntagsschule mit ihren

Eltern in die Kirche. Mit Herz und Seele war er immer dabei gewesen. Es war eine grosse Aufgabe, denn mit Spielen allein war es nicht getan. Wenn man es nicht wirklich gut machen wollte, dann sollte man erst gar nicht beginnen. Wochen, nein, Monate vorher hatte er sich schon damit beschäftigt. So etwas musste geistlich vorbereitet werden. Sein Grundsatz war immer gewesen, entweder macht man es gut oder gar nicht; nur keine halbe Arbeit, das war ihm zuwider.

Zuerst hatte er die Lieder einstudiert. Dann kamen die Proben mit den Kindern. Eine Sonntagsschulklasse nach der anderen, welche Arbeit! Wenn es dann einigermassen geklappt hatte, übte er mit allen zusammen. Da waren ein paar nette Früchtchen darunter gewesen. Ja, da musste man schon wissen, wie man die Angelegenheit in der Hand zu halten hatte.

Aber es war eine dankbare Arbeit gewesen. Wie hatte sie ihm gefallen und ihn befriedigt! Am Fest gaben sich die Kinder solche Mühe, da vermutete niemand, dass richtige Schlingel darunter waren. Er hatte oft bemerkt, wie die Eltern beeindruckt und gerührt gewesen waren.

Doch jetzt war das Alte auf einmal nicht mehr gut genug, es taugte nichts mehr, alles musste anders werden. Auf geht's, Leute! Das war veraltet, und jenes sprach die Leute nicht mehr an. Bei ihm war die Kirche immer gerammelt voll gewesen. Hatten die Erneuerer das vergessen? Jetzt wurde alles neu und vor allem besser gemacht.

In den letzten Jahren war viel junges Volk in die Sonntagsschularbeit gekommen; Erfahrung galt plötzlich nichts mehr. Dabei hatten sie so wertvolle Mitarbeiter gehabt. Da war zum Beispiel Hermann Meier, er ging schon auf die 60 zu. Wie der erzählen konnte! Wenn er über die Männer im Feuerofen sprach, dann sengten sich beinahe Löcher in die Taschen der Zuhörer! Wie die Kinder das liebten!

An einer Mitarbeiterversammlung im September war es dann geschehen. Da war dieser junge Kerl mit langen Haaren aufgestanden und hatte seine Ideen vorgebracht. In einem Augenblick war das Unheil geschehen. Und dumm, wie die Leute sind, waren sie natürlich alle auf ihn hereingefallen. Was hätte er da tun sollen?

Ein Weihnachtsspiel sollte es geben, *das* war mal was anderes! Und dann wollten sie den neuen Organisten der Kirche fragen, ob er nicht spielte. Natürlich, das war auch so ein junger, flotter Typ. Und alle waren damit einverstanden gewesen.

Er war ruhig geblieben. Nicht, dass er auf den Mund gefallen war, aber sie hätten bestimmt nur gedacht, dass er sich verteidigen wolle. Und, um ehrlich zu sein, er war total überrumpelt worden. Zudem hatte er nicht betteln wollen, alles beim Alten zu lassen, das hätte sein Stolz nicht zugelassen. Aber es hatte ihn unheimlich gewurmt.

Wieder einer der unzähligen Beweise, dass man sich nicht auf Menschen verlassen konnte. Da hatte er nun viele Jahre mit ihnen zusammengearbeitet, doch keiner bemerkte, wie weh es ihm tat. Sicher, er war nur ein Amateur und spielte nicht so perfekt wie der Organist, aber es hatte sich noch nie jemand beschwert, wenn er, der alte Hansen, beim Fest für die Kinder spielte. Ja, mehr noch, der Organist kam selbst mit seinen Kindern, einfach zum Zuhören.

Natürlich spielte der Organist besser als er. Es war schliesslich sein Beruf. Aber, konnte dieser bei den Proben Ordnung halten? Das war doch sehr fraglich.

Der neue Organist war noch ein junger Kerl. Bestimmt einer dieser Fortschrittlichen und ein Liebhaber moderner Musik. Sein gutes Recht, nichts dagegen, aber es prägt doch einen Menschen. Der Mann war technisch hochbegabt, vielleicht sogar perfekt, doch eine Weihnachtsfeier war etwas Besonderes. Da ging es um die Frage: Spielst du mit deinem ganzen Herzen? Darauf kam es letztlich an. Das konnte er, der alte Hansen, in aller Freimütigkeit sagen. Immer war er mit Herz und Seele bei der Arbeit gewesen.

Grosse Worte waren ihm zuwider gewesen. Er hatte das Singen mit den Kindern, vor allem das Orgelspielen, immer als einen Auftrag vom Himmel gesehen. Doch das hatte er an der Mitarbeiterversammlung nicht sagen können. Es war besser, über die tiefsten Empfindungen zu schweigen. Vielleicht hätten sie sogar darüber gelacht. Aber wenn er spielte, dann fühlte er sich wie über sich selbst emporgehoben. Es war ihm, als wenn er mit den Hirten hoch zu dem weiten, dunklen Himmel aufschaute, bis sich dieser plötzlich aufriss und Einblick in ein heiliges, himmlisches Fest gewährte. Er fühlte das Entsetzen und gleichzeitig die überwältigende Freude. Jesus ist geboren! Friede auf Erden! Den Menschen ein Wohlgefallen! Um das verstehen zu können, musste man einfach dabei gewesen sein.

Bei den Hirten auf dem Felde ...

In dem dunklen Stall ...

Bei der Krippe ...

Aber auch unter dem Kreuz ... und am leeren Grab!

Der neue Organist, er hatte ihn schon einmal gesehen, hatte davon bestimmt keine Ahnung, in seinem Schlotterpullover und den Jeans. Der war viel zu progressiv und zu nüchtern, um sich so im Spiel zu verlieren. Dabei hätte er, der alte Hansen, ihm von seinen Erfahrungen erzählen können. Aber diese Jungen hatten das wohl nicht nötig.

Der dickste Hund war noch, dass sie ihm auch schon eine Rolle zugedacht hatten! Unvorstellbar! Sie hatten ihn gefragt, ob er den alten Simeon spielen wolle. Er hatte dankend abgelehnt. Erst hinterher hatte er ihre Hintergedanken verstanden. «Nun, Herr, entlässt du deinen Diener in Frieden (...).» Diese Worte hatten sie ihm in den Mund legen wollen. Welch ein Hohn!

Nun, eines stand fest, er würde bestimmt nicht hingehen, komme, was da wolle!

Dann war er doch gegangen. Nein, nicht weil er es sich anders überlegt hatte. Er war keiner dieser wechselhaften Menschen.

Was er sich einmal in den Kopf gesetzt hatte, das redete ihm keiner so schnell wieder aus. Er blieb bei seinem Standpunkt, doch seine Frau drängte ihn. Sie selbst hatte nicht gehen können, weil sie auf die Enkelin aufpassen musste. Er wollte einfach bei ihr daheim bleiben. Doch sie hatte ihm die Leviten gelesen – und wie! Er solle sich zutiefst schämen, sich so gehen zu lassen. Ein erwachsener Mann, sogar Grossvater, und nicht erwachsen genug, um über eine Enttäuschung hinwegzukommen. Was er meinte, was die anderen wohl von ihm denken würden? Seinetwegen konnten sie denken, was sie wollten. Nun ja (...) letztlich war er gegangen. Wer Trude kannte, verstand es.

Noch nie zuvor ging er so zu einer Sonntagsschul-Weihnachtsfeier. Ziellos und ohne aktiv dabei zu sein. Sie hatten ihn ausrangiert, kaputtgemacht (...). Ja, so fühlte er sich. Zwischen Vätern, Müttern und Bekannten schlurfte er herein wie ein gewöhnlicher Besucher. Die Kirche war gerammelt voll. Aber ein Lärm! Vielleicht kam es ihm nur so vor, weil er mittendrin stand, aber es schien ihm, als ob zu seiner Zeit weniger Krach gewesen war.

Er sah gleich, dass man ihnen einen schlechten Weihnachtsbaum angedreht hatte; viel zu dünn im Mittelteil. Der Schmuck war hübsch, das musste er zugeben. Aber die improvisierte Bühne, die gefiel ihm gar nicht.

Meine Güte, wie laut die Kinder waren; viel schlimmer als in den vorhergehenden Jahren, und es herrschte weniger Ordnung.

Er stand noch mitten im Gedränge und versuchte, alles in sich aufzunehmen, als ihn eine Frau ansprach. Ob er vielleicht auf ihren kleinen Sohn aufpassen könnte, sie müsse mit ihrem Mann in den oberen Stock und mit dem Kind sei es so schwierig, durchs Gedränge zu kommen. Bevor er wusste, wie ihm geschah, stand er mit dem Jungen an der Hand da.

Nun ja, es war ein netter Bub und Hansen suchte einen schönen Platz aus. Man konnte die ganze Bühne sehen. Das Kind war überhaupt nicht schüchtern und plauderte ununterbrochen. Zu Beginn kam sich Hansen ausgenutzt vor, er hätte genauso gut daheim auf seine Enkelin aufpassen können. Doch er liebte Kinder und so war das Eis schnell gebrochen.

«Jetzt ist Weihnachten, nicht wahr?»

«Ja, Junge, freust du dich?»

Der Bub nickte eifrig.

«Wenn ich meine Augen zukneife ... schau so ... dann sehe ich überall Sternchen.»

«Ja», lachte Hansen, «das weiss ich, das habe ich früher auch immer gemacht.»

«Echt wahr?»

«Echt wahr! Weisst du, wie es am besten geht? Mit den Kerzen am Weihnachtsbaum. Aber es müssen echte Kerzen sein, bei denen die Flämmchen tanzen, verstehst du?»

«Hast du echte Kerzen? Viele?»

«Nein, nicht viele, aber ein paar ganz grosse, zuhause. Die geben eine ganze Menge Licht, wenn ich sie anzünde.»

«Oh!»

Die Augen des Jungen waren wie zwei wunderschöne, braune Murmeln, in denen sich das ganze Fest spiegelte. Trotz seines schweren Herzens wurde der alte Mann ganz fröhlich.

«Was ist das?», der Junge zeigte auf die Bühne.

«Das», erklärte Hansen, «ist die Bühne.»

«Ist das zum Daraufstehen?»

«Ja, nachher kommen ganz viele Leute, grosse und kleine, die dort spielen.»

«Mit Lego?»

«Was meinst du?»

«Mit Lego hab' ich ein Haus gebaut – und ein Schiff.»

«Nein, Bub, das meine ich nicht. Sie ... sie singen und erzählen von Weihnachten.»

«Mit Kerzen?»

«Ja, bestimmt, die Kerzen gehen an und die Lampen aus, und

dann wirst du sehen, wie schön das alles ist. Dann siehst du die Hirten bei den Schafen und ... »

Gefesselt schaute ihn der Bub an. «Echt, echt wahr?»

«Klar, denkst du, ich schwindle?»

«Und Josef und Maria?»

«Ja, sicher.»

«Und der Herr Jesus?»

Mit grossen, erwartungsvollen Augen blickte ihn der Junge an. Hansen legte seine Hand auf den Kopf des Kindes. «Möchtest du ihn gerne sehen?»

«Ich ... ich habe den Herrn Jesus schon einmal gesehen.» Der Junge strahlte so, dass Hansen nicht weiterfragte. «Wenn ich gross bin, werde ich auch Hirte.»

«Das ist schön.»

«Und dann spiele ich Orgel. Kannst du Orgel spielen? Mein Papa kann es! Ganz gut. So gut ... am allerbesten von der ganzen Welt!»

«Das ist toll.»

«Wenn das Spiel anfängt, dann spielt mein Papa.»

«Dein Papa? Hier, in der Kirche?» Überrascht schaute er das Kind an, dann lächelte er.

«Warum lachst du?»

«Ich habe an etwas Witziges gedacht.» Da sass er nun, mit dem Sohn seines Rivalen, dem neuen Organisten der Kirche, auf einem Fest, an das er gar nicht gehen wollte.

Die grossen Lampen gingen aus. Es wurde ganz still. Dann spielte die Orgel. Ganz zart ... sehr einfühlsam ... Stille Nacht, Heilige Nacht ...

Hansen beobachtete das Kind und sah, dass das, was er für den wichtigsten Teil des Festes gehalten hatte, nur ein Schatten von dem war, was kommen würde. Die Augen des Jungen strahlten vor Entzücken. «Das ist Papa!»

«Wie kann dein Papa wunderschön spielen», flüsterte Hansen. Das Köpfchen nickte sehr nachdrücklich. «Nur der Herr Jesus kann es besser.»

«Ja.»

«Das sagt Papa. Er sagt, dass er es nicht kann, wenn der Herr Jesus ihm nicht hilft.»

«So, sagt das dein Papa?»

«Ja, der Herr Jesus hilft immer, nicht wahr?»

«Bestimmt, wenn du ihn darum bittest, ganz sicher!»

Es war, als ob sich goldene Stimmen mit den Klängen der Orgel zusammenfügten. Der grosse Raum wurde vom Fest erfüllt. Das kam, weil der langhaarige Organist in seinem Schlotterpullover und seinen Jeans von ganzem Herzen spielte. Das gehörte sich auch für dieses Fest, nur das Beste war gut genug.

Es war, als spielte der Heiland selbst an diesem Abend. «Kannst du alles gut sehen?», fragte er das Kind. Er bekam keine Antwort. Die glänzenden Augen wurden von den Dingen gefesselt, zu schön, um beschrieben zu werden.

In Hansens Herz wurde es weit. Verschwunden war alle Kritik, Bosheit und Enttäuschung. Wie hatte er sich nur so benehmen können wie ein alter Nörgler. Er hatte sich abgeschoben gefühlt. Nun ja, was machte das? Als ob es um ihn ginge! Es war eine richtig altmodische Weihnachtsfeier, ganz anders als früher und doch genau gleich.

Das hört sich natürlich einfältig an. Um das zu verstehen, muss man selbst dabei gewesen sein.

Bei der Krippe ...

Unter dem Kreuz ...

Am leeren Grab ...

Das grosse, wunderbare Geheimnis von Gottes Liebe bleibt immer gleich. Ob Menschen Reifröcke oder Jeanshosen tragen, um Gottes Geschenk in Empfang nehmen zu können, wir müssen alle an der gleichen Krippe die Knie beugen lernen.

Zeiten ändern sich, aber das Fest nicht. Der Grund liegt darin, dass es beim Fest nicht um einen Kirchenorganisten oder um einen traurigen alten Mann geht, sondern um das Kind ...

Das Kind, das Jesus heisst und die Sünder liebt ...

«Das Boot ist voll!»

Wie ein riesiger Vogel zog das Frachtflugzeug am dunklen Himmel entlang. Die schweren Motoren kämpften dröhnend mit dem Sturm, der das Flugzeug immer wieder vom Kurs abzubringen versuchte. Heftige Hagelschauer geisselten die metallene Haut.

«Hundewetter», brummte Dick, der Bordingenieur. «Die Kerle von der Wetterstation können ihr Lehrgeld zurückholen. Haben sie mit nur einem Wort einen Schneesturm erwähnt?»

«Das ist Hagel», verbesserte Fred, der Funker. «Und auch diese Menschen sind nicht allwissend. Du sollst nicht vergessen, dass sie eine Wetterprognose stellen. Nichts ändert sich schneller als das Wetter.»

«Die haben wohl Tomaten auf den Augen, einen solchen Sturm zu übersehen! ...»

«Du bist ja richtig in Fahrt, alter Junge.»

«Warte nur, wenn wir nachher mit gebrochenen Knochen aus einem Wrack kriechen, dann redest du anders.»

«Ich glaube, du würdest noch etwas dafür geben, um Recht zu bekommen», lachte Fred. – «Alter Brummbär, wir haben öfters so ein Wetter gehabt, ohne dass etwas schief gegangen ist. In wenigen Stunden haben wir alles vergessen und du singst Weihnachtslieder, mit deiner kleinen Tochter auf dem Schoss.»

«Weihnachtslieder gibt es bei mir nicht», brummte Dick, «das weisst du sehr wohl. 'Frieden auf Erden!' ... Gleichzeitig werden da und dort Menschen umgelegt. Ein bisschen widersprüchlich, das fromme Getue.»

«Und davon willst du nichts wissen?»

«Nein», sagte Dick bissig, dabei schaute er gespannt auf seine Instrumente.

Einen Augenblick schwiegen beide, dann sagte Fred: «Hör mal, vielleicht ist es eine komische Frage, aber warum hast du eigentlich dem Glauben gegenüber eine so feindselige Haltung?»

«Der Glaube, der Glaube ... was ist Glaube?»

«Komm, hab dich nicht so. Du weisst genau, was ich meine. Du bist gegen alles, was christlich ist.»

«Reden wir doch lieber von was anderem.»

«Ich finde, du bist ziemlich kindisch.»

«Okay, wenn du es unbedingt wissen willst! Ich habe nichts gegen den Glauben, ich habe nichts gegen Menschen, die christlich sind. Aber es ist mir zuwider, wenn Leute sagen, sie seien christlich und dabei zeigen, dass sie es eben nicht sind. Und jetzt kannst du beleidigt sein oder nicht, doch ich glaube, dass es nur die Letztgenannten gibt!»

«Nun ja ...»

«Ich weiss, was du sagen willst: 'Christen sind auch nur Menschen', stimmt's? Das bekannte, abgedroschene Argument. Das ist eure Erklärung für die Tatsache, dass es in der Praxis keinen Unterschied zwischen Gläubigen und Ungläubigen gibt. Nur am Sonntag! Die einen gehen zur Kirche, die andern schlafen aus, gehen angeln oder auf den Fussballplatz. Wenn morgen alle Kirchen abbrennen würden, ich würde sie nicht vermissen und die Welt würde nicht schlechter werden.»

«Da könntest du dich noch täuschen.»

«Urteilend nach dem, was ich bisher gesehen habe, wohl kaum.»

«Es gibt viele Menschen, die leben, was sie glauben.»

«Nun, die scheinen davonzurennen, wenn ich in ihre Nähe komme.»

«Vielleicht sind sie dir nur nicht aufgefallen.»

«Wieso?»

«Weil du einfach nicht auf sie achtest.»

«Aber Fred, darauf brauche ich doch nicht zu achten! Solche Menschen würden in dieser Welt doch auffallen. Oder ich habe überhaupt nichts vom Evangelium verstanden. Ich denke, dass das Evangelium einen Menschen total verändert. Aber nun ehrlich, es klingt vielleicht grob, doch wenn ich seine Schäfchen betrachte, dann kann ich nicht viel von Jesus erwarten. Wo sehe ich seine Kraft und seine Liebe?»

«Du spottest über ihn.»

«Nein, auf keinen Fall! Du hast damit angefangen und nun bist du verärgert, Fred», sagte Dick ernst.

«Ich spotte wirklich nicht, doch wir brauchen einander nichts vorzumachen. Wenn du unbedingt über diese Dinge reden willst, dann will ich ehrlich meine Meinung sagen. Jeder Mensch will gerne glücklich sein ... Jeder sucht einen Halt im Leben ... Ich auch, das kannst du mir glauben. Aber wie kann ich wissen, dass Gott – angenommen er existiert – mir geben kann, was ich suche? Das muss ich doch an den Menschen abschätzen können, die vorgeben, ihn zu kennen. Und zeige du mir jemand, der dafür Beispiel stehen kann.»

«Und dann wirst du glauben?»

«Wer weiss, vielleicht feiere ich dann auch Weihnachten. Denn Weihnachten bedeutet doch, dass Christus in einem Menschenherzen geboren wird, nicht wahr?»

«Du weisst ziemlich gut Bescheid», brummte Fred.

«O ja, ich weiss schon das eine oder andere.»

Freds Laune hatte sich nicht gebessert. Er hatte das Gespräch selbst angefangen, aber was ihn ärgerte war, dass tatsächlich ein Kern Wahrheit in Dicks Worten lag. Tatsächlich sollte man einen Gläubigen an seinem Tun und Lassen erkennen können, und er brauchte nur sich selbst anzuschauen, um zu sehen, wie wenig das zutraf. War er selbst ein gutes Vorbild, um in jemandem das Verlangen nach einem Leben mit Christus zu wecken?

«Reden wir über etwas anderes», unterbrach Dick das Schweigen. «Ich wollte dir nicht die gute Laune verderben. Komm, ich zeige dir, was ich für meine Kleine gekauft habe. Ein drolliges Ding, schau.» Dabei wühlte er in seiner Tasche und holte eine Puppe heraus.

«Witzig», sagte Fred. Das Gespräch ging ihm immer noch nach.

«Sie kann gehen.»

«Was denen nicht alles einfällt! Sicher ein teures Geschenk.»

«Ach, es geht. Übrigens ...» Auf einmal hielt Dick inne.

«Was, übrigens?», fragte Fred.

Dick antwortete nicht, voller Aufmerksamkeit kontrollierte er die Instrumente. Sein Gesicht zeigte Spannung, und er machte einen seltsamen Eindruck, wie er dasass, die Puppe in seiner Hand.

Der Sturm raste. Das Flugzeug kämpfte sich zitternd und rüttelnd durch die tobende Naturgewalt. Bill, der Co-Pilot, schaute nachdenklich drein.

«Wir verlieren an Höhe», bemerkte Dick. «Irgendetwas stimmt mit dem Höhenruder nicht. Bob hat die Sache noch unter Kontrolle, aber die Maschine gehorcht schon nicht mehr ganz. Ehrlich gesagt, sie lässt sich immer schlechter lenken.»

«Was denkst du ... Eis? Das ist doch nicht möglich!»

«Ich weiss es nicht.»

Sie sprachen ganz ruhig miteinander, obwohl sie sich beide der Gefahr bewusst waren. Jetzt ging es darum, die Maschine so schnell wie möglich auf den Boden zu bringen. Bill nahm wieder in seinem Steuersitz Platz und liess die beiden Männer in ihrem trüben Schweigen zurück.

Nur kurze Zeit später kam die Anweisung an Fred, er solle versuchen, mit den Fluglotsen Kontakt aufzunehmen. Ununterbrochen sandte er Signale aus. Der Gedanke, dass sie noch mindestens anderthalb Stunden vom Ziel entfernt waren, trieb ihm den Schweiss auf die Stirn.

Dick lehnte sich nach vorn und besprach die Situation mit den beiden Piloten. Sie waren vom Kurs abgekommen und konnten nur in etwa abschätzen, wo sie sich gerade befanden. Kein sehr beruhigender Gedanke.

Bob, der erste Pilot, liess die Scheinwerfer abwärts blenden. Doch das Strahlenbündel verlor sich im Nebel. Sehr schlechte Sicht. Keine Möglichkeit, unter diesen Umständen an eine Notlandung zu denken.

Erbarmungslos fiel der Höhenmesser. Mit donnerndem Getöse versuchten die Motoren, die Maschine der Anziehungskraft der Erde zu entreissen. Doch jede Minute brachte sie dem Boden näher.

«Geh an deinen Platz und schnall dich an, Dick!», kommandierte Bob entschlossen. «Wir können die Maschine nicht mehr halten, bereite dich auf eine Notlandung vor.»

«Du meinst auf eine Totlandung», brummte Dick rauh.

«Ich fliege nicht zum ersten Mal. Wir haben keine andere Wahl!»

«Davon gehen wir nicht aus. Es gibt noch Wunder in dieser Welt. Geh du nur an deinen Platz. Und lass Fred so viele Signale wie möglich in den Äther jagen.»

Dick zuckte nur mit den Schultern und setzte sich auf seinen Platz. Während dem Festmachen der Gurte berichtete er Fred. Der sandte ununterbrochen Signale an die Lotsen. Wie ein Notschrei in der Sturmnacht war seine Botschaft, doch er bekam keine Verbindung. –

Nur dort, wo es keine Störungen gab, wurde sein Hilferuf gehört. Gott hört das bange Rufen seiner Kinder, die Angst haben und in der Dunkelheit den Weg nicht finden. –

Äusserlich ungerührt, berichtete Dick seinen Kameraden über den Stand der Dinge.

«Also, dies könnte das Ende werden», flüsterte Fred. «Wir haben keine Chance.»

«Das habe ich auch schon gesagt.»
«Und nun?»
«Nichts, was willst du sagen? Nur der kaltherzige Bob sitzt so ruhig dort, als ob er ganz normal landen könnte. Vielleicht tut er auch nur so.»
«Das schaffen wir nie!», stöhnte Fred und schaute seinen Freund ratlos an. Seine Hand an der Morsetaste zitterte.
«Ich glaube nicht, dass es schlimm sein wird, Fred. Einen Moment des Schreckens, vielleicht, und dann nichts mehr ...»
«Nein», sagte Fred auf einmal gefasster, «damit ist es nicht vorbei. Ich weiss, dass wir Gott begegnen werden.»
«Angst!», brauste Dick auf. «Es ist die Angst vor dem Tod, die dich so reden lässt.»
«Und wenn schon, hast du etwa keine Angst?»
Dick schwieg, aber Fred sah, dass seine Mundwinkel nervös zuckten und seine Hände bebten. «Vielleicht», sagte er plötzlich und seine Stimme klang weniger selbstbewusst als sonst. «Ich wollte dich nicht verletzen. Du hast vielleicht Recht, wer weiss.»
«Womit?», fragte Fred leise.
Aber Dick schüttelte nur den Kopf und schwieg.
Totenbleich warteten sie auf das Ende.
Dick dachte an seine Frau und die kleine Dolly. In Gedanken sah er sie am Tisch sitzen und auf sein Nachhausekommen warten. Er würde sie nie wiedersehen. Mit Tränen in den Augen schaute er auf die Puppe, die neben seinem Stuhl am Boden lag. Er hatte ein Gefühl, als würde ihm die Kehle zugeschnürt.
Freds Gedanken waren bei seiner alten Mutter. Er sah ihre silbernen Haare im Licht der Lampe glänzen, während sie in der Bibel las. Die Kaffeekanne auf dem Öllämpchen, und der helle Lichtschein fiel auf die Tassen.
Vorne im Cockpit sassen die beiden Piloten. Bob starrte vor sich hin. Seine scharfen Augen spähten in die Dunkelheit, in der Hoffnung, sie zu durchbrechen und irgendetwas zu sehen. Seine starken Hände, die den Steuerknüppel festhielten, bebten nicht.

«Denkst du, dass wir durchkommen könnten?», fragte Bill.
«Bei Gott ist nichts unmöglich», antwortete Bob ruhig.
«Wie meinst du das?»
«Wenn du dich in dieser Welt umsiehst, kannst du dir dann vorstellen, dass es Menschen gibt, die in den Himmel kommen? – Aber Gott liess es Weihnachten werden und darum passiert es doch!»
«Und das glaubst du wirklich?»
«Ja, das glaube ich.»
«Bob», sagte Bill zögernd, «du warst nie ein Mann vieler Worte. Wir hielten dich immer für einen Felsen in der Brandung. Stimmt das auch jetzt, hast du keine Angst?»
Bob zögerte einen Moment, dann schaute er seinen Kameraden an und sagte: «Doch, ich habe Angst wie ihr. Aber trotzdem weiss ich, dass Gott mich nicht verlassen wird. Und das darfst du auch glauben.»
Brummend flogen sie vorwärts. Plötzlich durchbrach das Licht der Scheinwerfer den dichten Nebel und schien auf das strudelnde Wasser eines Flusses! Unter ganzem Einsatz seiner langjährigen Erfahrung kämpfte Bob, um die Maschine unter Kontrolle zu halten. Er war sich seiner Verantwortung bewusst. Festen Boden zu erreichen, war unmöglich, die Maschine liess sich nicht mehr hochziehen. Er musste versuchen, auf dem Wasser zu landen. Nur noch wenige Augenblicke – da schlug die Maschine mit einem gewaltigen Schlag auf den Wellen auf.
Dick wurde als erster aus seiner Betäubung gerissen. Verwundert schaute er um sich und versuchte, seine Gedanken zu ordnen. Er hatte die Benzinzufuhr gestoppt, das wusste er noch. Aber dann? ... Sie waren abgestürzt ... oder gelandet. – Er lebte noch!
Es blieb ihm nicht viel Zeit, über seine Rettung nachzudenken. Durch den Riss in der Maschine strömte Wasser ins Innere.
Während er schnell seine Gurten löste, kam Bill aus dem Cockpit. «Fehlt dir was, Dick?», stammelte er.

«Ich weiss nicht, ich glaube nicht, ich kann alles noch bewegen.»

«Wir sind durchs Nadelöhr entkommen. Wir müssen raus, bevor die Kiste untergeht. Wie geht es den andern?»

Fred war kurz bewusstlos, kam aber schnell wieder zu sich. Er hatte sich einige Schrammen zugezogen.

Bob war am übelsten dran. Sie fanden ihn bewusstlos in seinem Sessel und er schien einen Arm gebrochen zu haben. Vorsichtig befreiten sie ihn aus den Gurten.

Es wurde höchste Zeit, das Wrack zu verlassen, denn das Wasser stieg. Durch ein Loch im Rumpf kletterten sie nach draussen und suchten Zuflucht auf dem linken Flügel der Maschine. Ein kalter Wind blies durch ihre nassen Kleider.

Bill ging nochmals ins Innere der Maschine, um ein paar Hilfsmittel zu holen, die ihnen in ihrer misslichen Lage nützlich sein konnten.

Nachdem der erste Schreck vorüber war, wurde ihnen erst bewusst, in welcher Situation sie sich befanden. Ohne Aussicht auf Hilfe, auf einem sinkenden Wrack, in tiefer Finsternis, mitten auf einem Fluss! Wie lange konnten sie hier aushalten? Zwanzig Minuten, eine Stunde ...?

Bill schoss eine Leuchtrakete ab. Würde sie jemand sehen? Und wenn man sie sah, wer würde sich bei diesem Wetter auf den Fluss wagen?

Noch etwas benommen kauerten sie nahe zusammen, sich am Rumpf festhaltend, um nicht weggespült und fortgerissen zu werden. Ganz schlaff hing der noch immer bewusstlose Bob an ihnen.

Zentimeter um Zentimeter versank die Maschine in den Wellen, die wild dagegen schlugen. Der Schaum des Wassers spritzte hoch. Wind und Wasser – es schien, als ob sich alle Kräfte vereinten, um die Männer zu vernichten. Hatten sie die Notlandung überlebt, um jämmerlich in den Fluten zu ertrinken?

«Das halten wir nicht lange aus», stöhnte Dick.

«Ich will eine zweite Rakete abfeuern», sagte Bill.

«Warte noch, wir müssen sparsam damit umgehen», gab Dick zu bedenken.

«Warum sparsam sein? Wenn wir noch länger warten, brauchen wir sie nicht mehr. Komm, gib mir so ein Ding!»

Dick reichte Bill eine Rakete.

Der Sturm heulte über den Fluss. Weiss schäumende Wellen schlugen bereits über dem Flügel zusammen. Wie lange würde es noch dauern? Wie lange konnten die vor Kälte erstarrten Männer noch durchhalten?

Dann, während das Leuchtzeichen einen feurigen Streifen in den dunklen Himmel zog, verlor Dick durch eine heftige Windböe das Gleichgewicht. Ohnmächtig sahen ihn seine Kameraden in dem strudelnden Wasser verschwinden. Sie hörten seinen Angstschrei über das Getöse des Sturms hinaus: «O Gott, Hilfe!»

Wild schlug Dick mit seinen Armen umher, verzweifelt nach einem Halt suchend. Kämpfend gegen die Kräfte, die ihn vernichten wollten, gegen die kalte Finsternis des Todes, die ihn von allen Seiten umschloss. Ausserhalb der Reichweite und Sicht seiner Freunde, kämpfte er um sein Leben. Er wollte leben! Für seine Frau und für seine kleine Tochter! Aber auch für sich selbst. Eine wilde Raserei bemächtigte sich seiner, als er merkte, wie der Sog ihn mitriss und seine Kräfte abnahmen.

Noch einmal tasteten seine Hände verzweifelt umher. – Da! Jetzt fand er einen Halt! Die Strömung hatte ihn entlang der Maschine an deren Schwanz getrieben. Dick war total erschöpft, aber der Wille zum Überleben befähigte ihn, sich mit äusserster Anstrengung auf das Leitwerk hochzuziehen.

Er lebte. Aber wie lange noch? Er war völlig erledigt und überlegte verzweifelt, ob es nicht besser gewesen wäre, in der Strömung umzukommen. Nein, er wollte nicht sterben! – Er hatte Angst. Als das dunkle Wasser ihn wie ein Grab umringt hatte, als er den Tod so nahe fühlte, da hatte ihn eine schreckliche Angst überfallen. In der Maschine war das anders gewesen. Doch jetzt hatte er Angst wie ein Kind im Dunkeln, ja schlimmer noch, er war einsam.

Er wollte nicht sterben! Er war nicht bereit dazu, obwohl er wusste, dass es vielleicht kein Entkommen mehr gab. – Aber Gott ...? Nein, er konnte nicht zu Gott kommen! Unter anderen Umständen hätte er über diese Gedanken gelacht; jetzt, den Tod vor Augen, galt es ernst.

Mit halb erfrorenen Händen krallte er sich an dem kalten Metall des Schwanzrades fest. Die Männer auf dem Flügel mussten wohl denken, er sei ertrunken. Auch Dick hatte die drei nicht mehr gesehen, nur ab und zu flog eine Leuchtrakete durch die Nacht. Ihr Licht unterstrich die Finsternis, die kurz danach noch dunkler erschien.

Bilder aus der Vergangenheit erschienen vor seinem inneren Auge. Er sah sich selbst in der Schule, im Religionsunterricht, als Kind zu Hause bei den Eltern. Er sah seine Frau und seine Tochter. Nie zuvor hatte er so sehr den Wert seines Lebens realisiert. Aber auch nie zuvor war ihm seine Machtlosigkeit so bewusst geworden. Er wollte nicht sterben, und doch wusste er, mit eigener Kraft konnte er es nicht verhindern.

In seiner Angst hatte er Gott angerufen, fragend, ob er wirklich der Vater sei, von dem gesagt wurde, dass er denen helfe, die zu ihm riefen. Ein Gott, der die Umstände kannte, auch seine Umstände.

War es Zufall, dass er sich nun hier, an einem sinkenden Flugzeugwrack festklammerte? – Doch er war noch am Leben! Was gab ihm im letzten Moment diesen Halt? – Eine Antwort Gottes auf sein SOS? –

Fast leblos hing Dick am Ende des Wracks, das langsam in den Wellen unterzugehen drohte. Er war wie betäubt, nur noch mit letzter Kraft – dann ...

Plötzlich hörte er einen Jubelschrei. Eine Stimme, die das Heulen des Windes übertönte. Ein Laut der Hoffnung, ein Schrei, der ihn wieder zu sich kommen liess. Fester hielt er sich an der Metallkante. – Hilfe, es kam Hilfe!

Dick hob den Kopf und spähte in die Richtung, aus der die Stimme kam. Ja, dort war ein kleines Licht. Ein Boot, was sollte es sonst sein? Jemand hatte ihre Notsignale gesehen. – Rettung!

Er hob sich weiter aus dem Wasser heraus und verfolgte mit Tränen das tanzende Licht. Die Männer auf dem Flügel schrien laut. Dick lauschte angestrengt, ob eine Antwort kommen würde. Da! Ganz schwach hörte er eine Stimme. Ein Mensch kam ihnen zu Hilfe, Gott sei Dank!

Ein Mann näherte sich mit seinem kleinen Boot. Er hatte Mühe, zu dem Flügel zu gelangen, auf dem sich die drei Männer verzweifelt festhielten.

«Wir haben einen Verletzten», rief Fred, «der muss zuerst in Sicherheit gebracht werden!»

Bob schwankte vorwärts und verlor dabei das Gleichgewicht. Sofort hielten ihn zwei starke Arme fest und legten ihn in das schaukelnde Boot. Als auch Bill und Fred eingestiegen waren, lag das Boot fast bis zum Rand im tobenden Wasser.

«Es ist klein und noch dazu undicht, aber es gab nichts anderes», sagte der Retter. «Das Wasser ist gefährlich, doch wir sind nicht mehr weit vom Ufer entfernt. Ihr müsst das Wasser ausschöpfen, während ich rudere.»

Der Fremde löste die Riemen und stiess vom Flügel ab. Wellen schlugen über den Bootsrand.

Bob lag wieder bewusstlos im Boot. Bill und Fred schöpften Wasser. Der Mann zog fest an den Riemen.

Plötzlich zerriss ein gellender Schrei die Nacht. Wie versteinert hielten die Männer einen Augenblick inne. «Ist denn noch jemand auf dem Wrack?», fragte der Retter.

«Dick», keuchte Fred, «wir glaubten, er sei ertrunken.»

«Aber wir können keinen mehr aufnehmen», stöhnte der Mann.

«Doch, wir müssen es versuchen!»

«Dann werden wir alle ertrinken, schaut nur, wie tief das Boot jetzt schon liegt!»

«Sie haben Recht», sagte Bill müde, «wir können ihn nicht mitnehmen. Vielleicht kann ihn nachher jemand holen, wenn wir an Land sind. Es hat keinen Sinn, das Leben aller aufs Spiel zu setzen.»

«Helft mir!», schrie Dick. Er konnte nicht wissen, was in dem Boot vor sich ging. Aber er merkte, dass sie zögerten. Dann entfernte sich das kleine Licht langsam. Sie gingen ohne ihn.

«Nein, geht nicht weg!», schrie er verzweifelt. «Um Gottes willen, helft mir!»

Unbeweglich sassen die Männer in dem schaukelnden Boot. «Um Gottes willen», wiederholte der Fremde nachdenklich. Plötzlich wendete er das Boot und ruderte zum Wrack zurück.

«Was tun Sie da?», rief Bill entsetzt. «Sie haben doch selbst gesagt, dass es nicht geht. Wir können das nicht riskieren!»

Aber der Mann schwieg. Im Schein der flackernden Sturmlaterne sahen sie sein Gesicht. Ihr Retter war ein kräftiger, alter Mann und sein Gesicht verriet Entschlossenheit. Er zwang das Boot entlang des Wracks und als sie Dick sahen, wusste er sein Schiff geschickt an den Metallrand zu steuern.

Der Mann übergab Fred die Riemen und stieg selbst auf das sinkende Flugzeug. Seine Jacke wurde wie ein Ballon vom Wind aufgeblasen, während er auf dem Schwanz der Maschine stand und den Bordmechaniker aus dem Wasser hob. Dicks Kräfte waren erschöpft, der Mann musste ihn ins Boot tragen. Ein Fehltritt, ein kräftiger Windstoss hätte das Ende bedeutet. Doch es gelang. Mit der Hilfe seiner Freunde kam auch Dick an Bord.

«Wir sind zu viele, das Wasser dringt immer mehr ein!», rief Bill.

«Darum sollst du nicht länger hier bleiben», antwortete der Mann ruhig und stiess das Boot ab. «Rudere geradeaus zum Ufer. Dort findet ihr mein Haus.»

«Wir können Sie doch nicht hier lassen!», brüllte Bill.

«Ihr könnt mich später holen.»

«Aber wenn wir es nicht schaffen – wenn wir zu spät kommen?»

«Du schaffst es und ich werde hier warten. Und dann – ich habe einen mächtigen Heiland; ich kann sterben, euer Freund nicht.»

«Nein, das geht nicht, wir können den Mann nicht einfach hier lassen!», schrie Fred.

Bill legte seine Hand auf Freds Schulter und sagte: «Rudere, ich schöpfe Wasser, wir haben keine andere Wahl.»

Der Fremde sagte nichts mehr. Er hatte Halt gefunden an der Seitenflosse des Flugzeugschwanzes. Seine Jacke schlug gegen den Rumpf. Er stand da wie eine Statue. Sprachlos starrten die Männer ihn an, bis er in der Dunkelheit verschwunden war.

Gegen den Strom ankämpfend, suchten die Männer das Ufer. Wie lange trieben sie schon auf dem Fluss umher? Es schienen Stunden vergangen zu sein, seit sie das Wrack mit dem Fremden verlassen hatten.

Dick schöpfte mit seinem Stiefel Wasser. Ab und zu richtete er sich auf und schaute in die Richtung, in der er das Flugzeug vermutete. Vorne im Boot lag Bob, er stöhnte leise. Keiner sprach ein Wort.

Der Sturm liess nicht nach. Brüllend wie ein wildes Tier, dem die Beute zu entwischen droht, griff er das kleine Boot an. Dann auf einmal, ganz unerwartet, sahen sie das Ufer. Sie waren gerettet, sie durften leben!

Bill und Fred brachten Bob in Sicherheit, doch Dick blieb und schöpfte weiter. «Komm Dick», sagte Fred schliesslich, ahnend, was in seinem Kameraden vorging. «Bitte, komm jetzt.» Er bangte um seinen Freund; was hatte dieser vor? Dicks Gesichtsausdruck beunruhigte ihn.

Da schleuderte Dick den Stiefel weg, ergriff die Riemen und stiess das Boot ab und verschwand in der Finsternis. «Dick, bist du verrückt, komm zurück!», schrie Fred. Doch er bekam keine Antwort, hörte nur das spöttische Heulen des Windes.

Dick ruderte zum Boot zurück. Trotz allem, was er in den letzten Stunden durchgemacht hatte, war es, als ob er keine Müdigkeit kannte. Mit kräftigen Schlägen trieb er das Boot durch das strudelnde Wasser. Er musste zurück, zurück zu dem Fremden! Von Müdigkeit wollte er nichts wissen. Genauso wenig von dem Gedanken, dass es sinnlos sein könnte. Er konnte nicht an Land gehen, solange der Mann noch auf dem Flügel ihrer Maschine stand. Dieser Mann, der den Mut gehabt hatte, sein Leben für ihn aufs Spiel zu setzen! Der Gedanke, dass seine Kameraden den alten Mann schon aufgegeben hatten, machte ihn wütend. Oder vielleicht die Vermutung, dass sie die Überlebenschance ihres Retters richtig eingeschätzt hatten.

Dick musste auf den Fluss hinaus! Er hatte sein Zeitgefühl völlig verloren. Der Wind wurde plötzlich ruhiger, doch er bemerkte es kaum. Nur ein Gedanke trieb ihn: Zurück zum Wrack, um den Mann zu holen, der ihn gerettet hatte!

Überall war Finsternis. Nur die Sturmlaterne brannte, das einzige Lichtlein in der schwarzen Verlassenheit. Wenn es nur etwas heller wäre! Der Gedanke, dass er im Dunkeln vielleicht am Wrack vorbeiruderte, liess ihn beinah verzweifeln.

Er drehte das Boot. Trieb er zurück? Er wusste es nicht mehr, er hatte die Orientierung verloren. Wer wusste, ob er sich nicht längst schon im Kreis drehte? Er kämpfte für eine verlorene Sache, doch das wollte er sich selbst nicht eingestehen. Er musste den Mann finden. Er würde nicht aufgeben. Er würde gegen den Sturm, gegen das Wasser, gegen alle wilden Kräfte dieser Nacht kämpfen! – Das Wasser im Boot stand hoch, doch er kümmerte sich nicht darum, er hatte keine Zeit, um es auszuschöpfen.

Im Osten leuchtete der neue Tag. Dick spürte, wie seine Kräfte ihn verliessen. Seine Arme konnte er kaum noch fühlen und sein Rücken schmerzte. Immer kraftloser wurde sein Ruderschlag.

Plötzlich hielt er inne. Im zögernden Licht des Morgens, als der Wind den Nebel, der über dem Wasser hing, vertrieb, sah er das Flugzeug! Dort lag es. Nur die Spitze des Seitenruders ragte noch aus dem Wasser. Der alte Mann war verschwunden – ertrunken. Mitgerissen vom Sog des Stromes. Dick stand wankend im Boot, besiegt. Er weinte wie ein kleines Kind.

Der alte Mann hatte sein Leben für ihn aufs Spiel gesetzt. Stunden vorher, oder waren es Tage gewesen, hatte er Fred herausgefordert, ihm einen Menschen zu zeigen, der Gott wirklich vertraute. Jetzt war er einem begegnet.

Leise klatschte das Wasser gegen das Boot. Es klang wie eine flüsternde Stimme. Die Stimme des Flusses, die ihm ein Geheimnis mitteilen wollte.

«O Gott», stöhnte Dick und schlug die Hände vors Gesicht. Er fühlte sich besiegt, schuldig, elend und klein. Ein unaussprechlicher Kummer brannte in seinem Herzen. Sein Herz, das sich nach Erbarmen, Erlösung, Vergebung, nach Frieden sehnte. Ja, er suchte den Frieden mit Gott. Gott, dessen Anwesenheit er gespürt hatte, als die Finsternis des Todes ihn umschlungen hatte. Gott, zu dem er gerufen hatte in seiner Angst, und der ihn einen Halt finden liess in dem mörderischen Strom. Gott, der so weit weg war und doch so nahe. –

«Ich habe einen mächtigen Heiland.» War es die Stimme des Alten, die er hörte, oder nur das Rauschen des Windes und das Klatschen des Wassers? Woher kam diese Stimme? Es waren alte, vertraute Worte. Sprach die Stimme aus seinem Herzen?

War es in Bethlehem nicht kalt gewesen?

War der Stall nicht kahl und ärmlich?

Wer hatte die rauhe Krippe gewählt, als Wiege für Gottes Sohn?

Auf dem Fluss trieb ein einsames Boot. Darin sass ein Mann. Ein Mann, der kämpfte, bis er erschöpft war und sich schliesslich Gott ergab.

Gott war gekommen zu suchen, was verloren war, um denjenigen Ruhe zu geben, die müde und beladen sind und daran zu zerbrechen drohen. Er war gekommen, um Sünder zu retten.

Es begann bei der Krippe, es ging weiter am Kreuz und endete im Sieg! Der Heiland der Welt klopfte an die Tür und Dick öffnete ihm. Das Kind von Bethlehem, der Mann von Golgatha, nur er gibt Frieden, er bereitet das Fest.

Stunden später fanden Bill und Fred ihren Freund bewusstlos

im Boot. «Armer Kerl», seufzte Fred. Sie wussten ja nicht, dass es im Herzen ihres Freundes Weihnachten geworden war.

Aber im Himmel, in der Herrlichkeit Gottes, jauchzte vielleicht ein alter Mann mit dem Lied der Engel.

«Denn uns ist heute ein Kind geboren, ein Sohn ist uns gegeben; und die Herrschaft kommt auf seine Schulter; und man nennt ihn: Wunderbar, Rat, starker Gott, Ewigvater, Friedefürst!»

Die Botschaft

Nein, wie hatte ihm das nur passieren können! Aber Vera hatte ihn wirklich unter Druck gesetzt. Jetzt, hinterher, war ihm ganz klar, wie sie es gemacht hatte. Sie hatte ihre ganz persönliche Taktik. Mit ihrer gewinnenden Art wiederholte sie immer wieder geduldig ihre Auffassung, bis sie ihr Gegenüber restlos von ihrer Meinung überzeugt hatte. Da schmolz einfach jeder Widerstand wie der Schnee in der Sonne. Hatte sich Vera einmal etwas in den Kopf gesetzt, so brachten sie keine zehn Pferde mehr davon ab.

Er hatte nicht lange gebraucht, um zu kapieren, worum es ging. Er wehrte sich mit Händen und Füssen, doch war ihm schon von Anfang an klar, dass er verlieren würde.

«Natürlich, ich weiss, dass du sehr beschäftigt bist», hatte Vera gesagt, «das habe ich den andern auch erklärt. Doch das kommt sicher daher, weil du so viele Talente hast, du bist eben künstlerisch begabt. Und zudem, wer, wenn nicht du, sollte es sonst machen?»

Ja, wer sollte es sonst machen? Zudem war es seine Arbeit, Regisseur – und zwar beim Fernsehen. Vera hatte ihm versichert, dass er der Einzige sei, der es machen könne.

«Also gut, aber wenn ich es mache, dann habe ich meine Bedingungen. Es muss viel besser werden als in den letzten Jahren. Wir müssen es so anpacken wie beim Fernsehen», hatte er schliesslich geschlagen eingewilligt.

«Ja, sicher», hatte Vera entgegnet, «sonst hätten wir ja nicht dich gefragt.»

«Ich will eine gute Beleuchtung und vor allem eine gute Toninstallation, damit man auch zuhinterst im Saal versteht, was auf der Bühne gesprochen wird. Zudem müssen die Kostüme stimmen, ich will keine Verkleidungskunststücke mit alten Leintüchern. Ich will ein Weihnachtsspiel mit *einer Botschaft!*»

«Das ist genau das, was wir möchten», hatte auch Vera gemeint. «Ein Weihnachtsspiel mit *einer Botschaft.*»

Tja, so war es geschehen, er, Lukas Weiss, Regisseur von einem Kinderweihnachtsspiel!

Bei der ersten Besprechung zählte er gleich auf, was ihm alles wichtig sei. Sie müssten damit rechnen, dass er alles ganz perfekt machen wolle. Er wiederholte, dass das Wichtigste *die Botschaft* des Spiels sei. Keine Kamele aus Papier oder Hirten mit Turnschuhen, sondern barfuss mit Sandalen. Und schon gar keine Engel in Jeans! Alle waren damit einverstanden.

Lukas wurde immer begeisterter. Vor allem, als er merkte, dass es ein paar ganz brauchbare Leute dabei hatte. Zum Beispiel Arnie, er war ein richtiger Tonfanatiker. Er kannte all die Tricks und Kniffs, dass man wirklich jedes Stimmchen im Saal hören würde. Er besorgte die Lautsprecher und Mikrophone. Eine Sorge weniger für Lukas.

Der gemietete Saal hatte eine grosse Bühne, mit richtiger Beleuchtung und Kulissen. Lukas wollte, dass die Kleidung der Kinder möglichst naturgetreu nachgemacht werde. Eine Riesenarbeit, doch es würde sich bestimmt lohnen! Er hatte einmal ein Weihnachtsspiel gesehen, bei dem die Kleider nur mit Schnüren und Sicherheitsklammern befestigt gewesen waren. Der ganze Saal brüllte vor Lachen, als der arme Josef seine Hose verlor.

Alle waren von Lukas' Ideen begeistert. Alle? Alle ausser

Onkel Jan, einem älteren Mann. Nach seiner Meinung gefragt, sagte er nur: «Schon schön, aber wir dürfen die Kinder dabei nicht vergessen; die müssen es schliesslich vorführen.»

Ja, die Kinder! Als Lukas mit ihnen anfing zu proben, sank ihm beinahe das Herz in die Hosen. Vierzig Jungen und Mädchen, die solch einen Lärm veranstalteten, dass man meinte, eine Revolution sei ausgebrochen. Glücklicherweise war Onkel Jan da. Er studierte die Lieder mit den Kindern ein und begleitete sie auf dem Klavier. Am liebsten hätte Lukas gleich die Hälfte der Kinder heimgeschickt. Doch Onkel Jan protestierte da entschieden: «Alle Kinder spielen mit!» Na gut, dachte sich Lukas. Er merkte bald, dass er Onkel Jan brauchte. Die Kinder hörten nämlich auf ihn und es gelang ihm ohne Mühe, die Schar zur Ruhe zu bringen.

Nach einiger Zeit, mit viel Mühe, hatte er die Rollen verteilt. All jene, die er nirgends unterbrachte, durften im Engelchor mitsingen. Eine sehr patente Lösung, so hatte wirklich jedes Kind eine Aufgabe. Doch ein Junge, der kleine René, sang so falsch, dass ihn Lukas zum Hirten ernennen musste.

Lukas' Begeisterung steckte schon bald die Kinder an. Es lag ihm viel daran, dass sie begriffen, was er von ihnen erwartete und was die Bedeutung des Spiels war. Oft musste er die Kinder ermahnen: «He, so steht doch kein Engel da! Nicht in der Nase bohren, das sieht doch jeder im Publikum. Du musst dir vorher die Nase putzen, ein Engel hat kein Taschentuch im Gewand. Was tust du da? Du kannst doch nicht Kaugummi kauen. Stell dir vor, ein Hirte, der Kaugummi kaut! Kinder, ich möchte, dass ihr eins begreift: Ich will ein Weihnachtsspiel mit *einer Botschaft!* Wisst ihr, was ich meine? Ich will, dass ihr so singt und spielt, dass die Zuschauer verstehen, warum der Herr Jesus in diese Welt gekommen ist.»

Lukas bekam immer mehr Spass beim Proben mit den Kindern. Nur ein Kind bereitete ihm Sorgen – der kleine René. Nicht, dass er nicht gewollt hätte, aber im entscheidenden Moment schien er überhaupt nicht bei der Sache zu sein.

«Hirte, was träumst du? Ja du, René. Du bist wieder zu spät mit deinem Einsatz. Was musst du jetzt sagen? Na?»

«Ich sage, ich sage ...» Weiter kam René nicht.

«Du musst nur sagen: 'Schaut, es wird hell.'»

Doch es war hoffnungslos, René schaffte es einfach nicht. Schon längst wollte Lukas die Rolle einem anderen geben. Doch Onkel Jan erlaubte das nicht. «René ist halt ein Träumer. Der Text macht ihm keine Mühe, und wenn schon, Vera ist ja da, als Souffleuse, sie wird es ihm sonst vorsagen.»

«Aber ich will nicht, dass das ganze Spiel nur wegen einem Jungen verdorben wird», protestierte Lukas.

«Ach, komm schon», meinte Onkel Jan, «das wird schon gehen. Sonst müssen die anderen einfach weiterspielen. *Die Botschaft* wird darunter schon nicht leiden.»

Lukas gab sich geschlagen. Onkel Jan war wirklich jedes einzelne Kind wichtig.

Eine Woche vor der Aufführung wurde René krank. Lukas ersetzte ihn durch einen anderen Jungen, der den Wirt spielte. Es klappte ausgezeichnet. René hatte sich mit Händen und Füssen gewehrt, dass er trotzdem zu den Proben kommen konnte. Doch seine Mutter liess ihn nicht gehen. Eine einzige Probe zu verpassen, sei nicht schlimm, meinte sie. Doch René war nicht beruhigt. Er wusste, dass er kein guter Schauspieler war. Eigentlich war er selbst schuld daran und doch konnte er nichts dafür. Auch sein Lehrer sagte immer zu ihm, dass er ein Träumer sei. Er wusste genau, was er beim Spiel sagen musste, doch wenn Onkel Jan auf dem Klavier spielte und die Kinder so schön sangen, vergass er alles um sich her. Ihm war, als ob er echte Engel und Hirten sähe. Dann war er in Bethlehem und dachte an den Herrn Jesus. Und dann sollte er plötzlich etwas sagen, aber so schnell konnte er sich nicht erinnern. Herr Lukas schimpfte jedesmal mit ihm. Aber bei der Aufführung würde es dann schon klappen. Wenn all die Leute zuschauten, dann würde er sich ganz fest zusammenreissen und aufpassen. Er wollte es doch so gern richtig machen, damit alle Zuschauer verstünden, weshalb der Herr Jesus auf die Welt gekommen war.

Ihm, René, war es klar. Für uns alle ... Das sangen sie ja auch. Onkel Jan hatte ihnen davon erzählt. Der Herr Jesus war gekommen, um in den Herzen der Menschen zu wohnen. Aber die meisten wollten ihn nicht empfangen. Er fand nur Platz in einem Stall. Aber er, er wollte den Herrn Jesus empfangen. Onkel Jan hatte gesagt, wenn man den Herrn Jesus liebe, solle man ihn bitten, dass er ins Herz einziehe. Dann täte Jesus das auch und bliebe für immer drin. Das war *die Botschaft* vom Weihnachtsspiel.

Während seiner ganzen Karriere war Lukas noch nie so nervös gewesen wie am Abend des Weihnachtsspiels. Es gab noch so viel zu tun. Jeder wollte etwas von ihm und er fand kaum Zeit, etwas zu essen.

Die Bühnenbilder waren ein grosser Erfolg. Alles sah so echt aus. Fast fühlte man sich 2000 Jahre zurückversetzt, in den Strassen von Bethlehem. Arnie hatte nicht zu viel versprochen, die Tonqualität war ausgezeichnet. Die Mikrophone waren so gut verteilt, dass man jedes Kind, das auf der Bühne etwas sagen musste, im ganzen Saal hörte. Kurzum, alles lief planmässig.

Dann strömten die erwartungsvollen Zuschauer in den Saal. Lukas war furchtbar nervös. Er hatte alle Hände voll zu tun, die aufgeregten Kinder zu beruhigen. Zum Glück war Onkel Jan da. Ohne ihn wäre er sicher überfordert gewesen. Und dann stand plötzlich René da. Lukas hatte gar nicht mehr an ihn gedacht, er war froh gewesen, ihn so einfach los zu sein. Mit grossen erwartungsvollen Augen schaute René Lukas an. «Ich bin wieder gesund.»

«Schön, René, aber ich musste deine Rolle einem andern geben.» Lukas sah, wie sich Renés Augen mit Tränen füllten.

«Aber, aber ... ich kann es bestimmt», stotterte er. Lukas schüttelte den Kopf. «Das geht nicht, setz dich zu den Zuschauern, dann kannst du alles genau sehen.»

Onkel Jan legte seine breite Hand auf Lukas' Arm und sagte leise zu ihm: «Das kannst du nicht machen. Schau dir doch den Jungen an. Seine ganze Welt bricht zusammen, er hat sich so auf diesen Abend gefreut.»

«Und wenn es nicht klappt?», brummte Lukas.

«Dann geht die Welt auch nicht unter. Aber ich glaube, dass es René bestimmt schafft!»

«Also gut. Er kann mitspielen, aber nicht als Hirte.» Lukas war überstimmt. «René, hör gut zu. Den Hirten spielt Andreas, das kann ich jetzt nicht mehr ändern. Aber du kannst seine Rolle übernehmen, den Wirt der Herberge. Wenn Josef und Maria kommen und nach einem Nachtlager fragen, brauchst du bloss den Kopf zu schütteln. Hast du verstanden? Du hast es ja in den Proben oft genug gesehen. Du musst nur im richtigen Moment den Kopf schütteln.»

René wurde blass. Doch Lukas war schon davongerannt. Es gab ja noch so viel zu tun.

Pünktlich um acht Uhr hob sich der Vorhang und das Stück begann. Alles klappte prima. Seitlich der Bühne stand Lukas und beobachtete. Die Kinder spielten ausgezeichnet und die Engel sangen wunderbar. Langsam beruhigte sich Lukas. Das mühsame, wochenlange Proben hatte sich gelohnt. Vera in ihrem Souffleur-Kasten hatte keine Arbeit.

Alles lief wie am Schnürchen. Maria und Josef kamen in Bethlehem an. Sie sahen wirklich so müde aus, als ob sie tagelang unterwegs gewesen wären. Sie klopften bei der Herberge an und der Wirt mit seiner Frau traten heraus.

«Wir kommen von weither und sind so müde, zudem bekommt meine Frau ein Baby. Haben Sie nicht einen Platz, wo wir für die Nacht bleiben können?»

Wie versteinert stand René da, seine Augen vor Entsetzen geweitet. Er öffnete seinen Mund, als ob er etwas sagen wollte, brachte aber keinen Ton heraus. Die Spannung im Publikum stieg.

«Nein», flüsterte ihm Vera zu. René reagierte nicht. Tränen

rannen über seine Backen, als er Maria und Josef anschaute. Die Wirtin rettete die Situation durch ein überlautes «Nein», packte René am Arm, zog ihn in die Hütte und schlug die Tür zu. Dann hörte man ein herzzerreissendes Weinen. «Ich kann ihn nicht draussen lassen! ... Ich will den Herrn Jesus nicht wegschicken!», schluchzte René.

Lukas war ausser sich vor Wut. Der kleine Bengel! Das ganze Spiel vermiest. Er hatte es ja gewusst. Und diese blöde Toninstallation, jeder hatte das Geplärr des Jungen gehört. Wütend wandte er sich zu Onkel Jan. «Da geht meine ganze Arbeit ...», die Worte blieben ihm im Hals stecken, als er die Tränen in den Augen des alten Mannes sah.

«Du wolltest ein Weihnachtsspiel mit einer *Botschaft,* dein Wunsch ist in Erfüllung gegangen», flüsterte dieser.

Erst jetzt bemerkte Lukas, wie still es im Saal geworden war.

Karl

Niemand wusste genau, wann er zum ersten Mal auf der Baustelle aufgetaucht war. Es musste so ziemlich am Anfang gewesen sein, als das Gelände umzäunt wurde. Da stand er und beobachtete alles durch das schwere Gitter hindurch. Hinterher konnte sich keiner mehr erinnern, wer ihm erlaubt hatte, das Grundstück zu betreten. Für die Bauarbeiter gehörte Karl ganz einfach zur Baustelle. Er stapfte mitten in der Betriebsamkeit umher, schleppte überallhin einen schweren Balken, grüsste jedermann freundlich und bot allen seine Dienste an.

«Helfen – darf ich helfen?»

Die meisten Männer begegneten ihm freundlich. Sie machten gutmütige Spässe und liessen ihn, wo es möglich war, Handlangerdienste verrichten. Als die Pfähle eingerammt wurden, durfte er zu seiner grossen Enttäuschung nicht zu nahe herangehen. Der dröhnende Rhythmus der Ramme brachte ihn in Verzückung. Er schaute von weitem zu und ahmte die Maschine nach, mit beiden Armen begeistert den Takt schlagend.

«Abong, abong, abong.»

«Alles in Ordnung, Chef?», neckten sie ihn.

«Helfen – darf ich helfen?»

Karl begrüsste jeden ankommenden Laster, der Sand, Steine, Kies, Stahldraht oder Beton brachte. So, als ob ohne ihn alles schief gehen würde, stand er da, winkte und wies die Wagen sicher über die Stahlplatten in die Baustelle ein.

«Danke, Karl! Gut gemacht», spielten die meisten Fahrer das Spiel mit. Dann strahlte er stolz und sein grobes Gesicht leuchtete vor Freude. Er rieb seine breiten Hände aneinander, als ob er sagen wollte: Wieder eine Arbeit geschafft! Es gab nur wenige, die ihn ignorierten und das meist, weil sie nicht wussten, wie sie ihm begegnen sollten.

Das grosse, sonderbare Gesicht mit den wenigen strähnigen Haaren, der breiten, flachen Nase, den kleinen, runden Ohren und den schief stehenden Augen mit den seltsamen Falten machte manchen unsicher. Sie trauten sich nicht, mit ihm zu lachen, und das war wahrscheinlich das Problem. Karl aber war die Freundlichkeit in Person. So viel an ihm lag, war das Eis schnell gebrochen.

Überglücklich war er, wenn er dem Zimmermann zuschauen durfte. Der liess von Zeit zu Zeit seinen Hammer fallen und Karl hob ihn dann auf.

«Helfen.»

Wenn etwas geschweisst wurde, war Karl immer zur Stelle. Das Knistern und Spritzen des elektronischen Flammenbogens fand er wunderbar. Er ahmte alle Geräusche nach. Er stöhnte, zischte, piepste und kreischte mit all dem Geschehen auf der Baustelle mit. Er tat es mit viel Gefühl für Rhythmus und es tönte so täuschend echt, dass die Arbeiter manchmal lauthals lachen mussten.

«Du hättest Musiker werden sollen, Karl. In dir steckt was.»

Karl liebte Musik. So wie viele dieser «Kinder», war er dafür sehr empfänglich. Er entdeckte in allen Baumaschinen bis hin zum Betonmischer Musik und er konnte auch selbst welche machen. Nicht nur durch das Imitieren der Geräusche, er spielte auch Mundharmonika. Dies hatten die Bauarbeiter an einem regnerischen Tag bemerkt.

Karl war an einen windgeschützten Platz gekrochen und hatte seine Mundharmonika hervorgezogen. Nie hätten die Bauarbeiter ihm zugetraut, dass er so spielen könnte. Als sie zu ihm hingingen, hörte er gleich auf. Sie störten ihn nicht mehr und gewöhnten sich daran, dass, wenn Karl nicht seinen Balken herumschleppte, er in irgendeiner Ecke ein Konzert gab.

Von Anfang an gab es nur einen, der den Jungen nicht mochte. Es war einer der Stahlflechter. Karl fand es sehr schade, dass ihn der Mann immer fortschickte, kaum war er in dessen Nähe gekommen. Es gefiel ihm, wie die Männer aus dem Durcheinander von Eisen solch schöne Muster flechten konnten. Und dann das Biegen des Eisens – einfach enorm! Man sah ihm an, wie er sich danach sehnte, näher zu kommen. Wie ein Hund, der etwas Verbotenes tut, schlich er dann in Richtung der Werkbank, an der der Mann beschäftigt war. Doch sobald ihn dieser bemerkte, jagte er ihn schroff fort.

Einmal, während einer Vesperpause, stellten ihn die anderen Arbeiter deswegen zur Rede.

«He, Jakob, warum bist du Karl gegenüber immer so mürrisch?», fragte jemand den Stahlflechter.

«Wieso mürrisch?»

«Willst du etwa behaupten, dass du freundlich mit ihm umgehst?»

«Ich will ihn nicht in meiner Nähe, das ist alles.»

«Er ist ein armer Tropf und tut keiner Fliege etwas zuleide. Es gefällt ihm, hier zu sein.»

«Ich tue ihm ja auch nichts zuleide, ich will nur, dass er von mir wegbleibt. Ich hätte ihm nie erlaubt, auf die Baustelle zu kommen, aber ich bin ja nicht der Chef.»

«Er ist ein lieber Junge», beteiligte sich ein anderer am Gespräch.

«Ja, fang an, sentimental zu werden», höhnte Jakob. «Ein lieber Junge! Das sagst du nur, weil er nicht richtig im Kopf ist, deshalb seid ihr so nett zu ihm.»

«Da hast du vielleicht Recht», sagte ein Maurer, «aber bedeutet dir so ein Junge denn nichts? Natürlich erträgt man von diesem Burschen mehr als von einem normalen Menschen. Das weiss ich schon. Aber jedes Mal, wenn er zu mir kommt, muss ich an meine eigenen Kinder denken und bin dankbar, dass sie gesund sind. Kennst du das denn nicht ...? Du könntest doch einfach ein bisschen freundlicher zu ihm sein. Wenn du ihn fortschickst, ist er wie ein geschlagener Hund.»

«Ach, das vergisst doch so ein Mongoloider gleich wieder», meinte Jakob. «Das merkt man, denn er versucht es immer wieder aufs Neue.»

«Kannst du solche Kinder nicht leiden?», fragte der Vorarbeiter, der aufmerksam zugehört hatte.

«Du kannst den Burschen schwerlich ein Kind nennen! Wie alt wird er sein? Achtzehn, neunzehn vielleicht?»

«Das ist keine Antwort auf meine Frage. Ich wollte wissen, ob du solche Menschen nicht leiden kannst?»

«Hör mal, ich brauche mich vor euch nicht zu rechtfertigen, aber es ist mir unangenehm, dass ein Mongoloider hier herumstreunt. Ich finde es eines Menschen unwürdig, so durchs Leben zu gehen.»

«Ja, eben, dann müsstest du doch ein wenig Mitleid aufbringen!», rief jemand.

«Ich finde eigentlich, dass es so etwas nicht geben dürfte.»

«Eine Spritze geben, oder!», rief jemand empört. «Du redest zeitgemäss! Alles aufräumen, was einen Mangel aufweist. In die Richtung geht es heutzutage, pass nur auf. Jetzt ist alles noch freiwillig, aber einmal wird mit allem aufgeräumt, was für die Allgemeinheit nicht nützlich ist. Weg damit!»

«Du regst dich jetzt auf», antwortete Jakob, «aber überlege mal nüchtern. Zwei Drittel der Menschheit leidet Hunger, und täglich sterben Menschen mit normalem Verstand, die eben keine Nahrung haben. Und dann läuft hier so ein unglücklicher Stümper herum, der ...»

«... der für den Staat nicht nützlich ist. Das meinst du doch!»

«Richtig. Ich sehe nicht ein, was daran so furchtbar ist. Ihr wolltet wissen, wie ich darüber denke. Ich frage ja nur, was so ein Leben für einen Sinn hat. Jetzt hat er noch Eltern, die für ihn sorgen, doch wenn die nicht mehr sind, kommt er in ein Heim. Könnt ihr euch vorstellen, was das den Staat kostet?»

«Und wenn du selbst solch ein Kind hättest?»

«Ich würde es nicht so weit kommen lassen. Heutzutage gibt es Fruchtwasserpunktionen.»

«Also umbringen!»

«Wenn du das mit aller Gewalt so ausdrücken willst, ja. Aber ist es auch ehrlich? Ist es humaner, solch einen Krüppel in die Welt zu setzen?»

«In gewisser Hinsicht ist es schon traurig», meinte der Vorarbeiter, «aber er ist ein Mensch, schon deswegen hat Karl viel mehr Wert, als du denkst.»

«Das Einzige, was einen Menschen vom Tier unterscheidet, ist sein Verstand, und gerade der fehlt ihm.»

«Wenn ich dich so reden höre, verliere ich alle Hoffnung. Aber ein geistig Behinderter ist immer noch ein Mensch. Hast du ihm mal zugehört, wie er Mundorgel spielt? Versuch mal, das einem Schimpansen beizubringen!»

«Aus so einem Ding kann jedes Kind eine Melodie herausholen!», versuchte Jakob zu protestieren.

«Meinst du? Versuch es doch selbst mal! Mir ist es noch nie gelungen.»

«Erst meinte ich, dass er nur ein Lied spielen kann, aber er spielt alles Mögliche», warf jemand dazwischen. «In der letzten Zeit lauter Weihnachtslieder.»

«Ein Lied spielt er immer wieder, ist das auch ein Weihnachtslied?»

«Nein, ich glaube nicht. Aber sicher ist es ein christliches. Ich nehme an, dass seine Eltern fromm sind. Gestern kam er nämlich auf die Baustelle und rief: 'Der Herr Jesus kommt!' Natürlich meinte er, dass es Weihnachten wird.»

«Aber, kennt jemand den Text von dem Lied, das er immer spielt?»

«Den kennt er sicher selbst nicht mal», meinte Jakob.

«Ich werde meinen Schwiegersohn fragen, der hat ein Akkordeon», sagte der Vorarbeiter.

«Ich fange wieder an», Jakob stand auf und öffnete die Tür, «euer Mongoloider ... und wieder dasselbe Lied.»

Ein paar Tage später sassen sie wieder zusammen im Bauwagen. «Bevor ich es vergesse; hier habe ich das Lied, über das wir letzthin gesprochen haben.» Der Vorarbeiter holte einen Zettel aus seiner Hosentasche. «Mein Schwiegersohn wusste gleich, was ich meinte.»

«Lass mal hören.»

«Ich kann es nicht lesen», lachte der Vorarbeiter.

«Du bist doch kein Analphabet? Gib es mir!» Der Vorarbeiter grinste und gab den Zettel dem Maurer, der gefragt hatte. Der Mann warf einen Blick darauf und schwieg betreten.

«Nun», riefen die andern, «lass mal hören, oder kannst du auch nicht lesen?»

«Amazing ... grace ... how ... sweet ... the ... sound ...», fing der Maurer an.

«Gib mal her», Jakob lachte, «das ist Englisch.»

«Kannst du das lesen?»

«Ich habe sechs Jahre in Australien gearbeitet.»

«Lies vor», forderten ihn die andern auf.

«Amazing Grace! How sweet the sound,
that saved a wretch like me!
I once was lost, but now I'm found,
was blind, but now I see ...»

«Ja, dass du Englisch kannst, das glauben wir dir jetzt», unterbrach ihn der Maurer, der sich blamiert hatte. «Aber was bedeutet das nun alles? Übersetz es uns mal ins Deutsche.»

«Manche Begriffe sind nicht so einfach zu übersetzen.»

«Komm, versuch es mal. Wir werden dich nicht verbessern. Du brauchst dich also nicht zu genieren, wenn du daneben liegst.»

«Also: *'Erstaunliche Gnade, welch liebliche Botschaft, die einen armen Tropf ... wie mich rettete. Ich war verloren, aber nun bin ich gefunden ... Ich war blind, aber jetzt kann ich sehen ...'* Das wär's so ungefähr, ganz wörtlich geht es nicht. 'Wretch' kann auch Verwünschter oder so etwas heissen.» Einen Moment lang war es ganz still im Bauwagen.

«Ein armer Tropf, wie ich bin ... Ob Karl diese Worte wohl kennt?», fragte sich einer der Männer laut.

«Ach, nein», antwortete Jakob, «denkst du, dass der Mongoloide Englisch versteht?»

«Warum nicht? Gibt es in England oder Amerika keine geistig Behinderten?»

«Mann, das ist doch etwas anderes. Man lernt doch einem Mongoloiden keine Fremdsprache!»

«Dann weiss er nicht, was er singt?»

«Er singt das Lied nicht, er spielt es bloss.»

«Aber jemand könnte ihm erzählt haben, was es heisst, auf Deutsch, meine ich.»

Jakob zuckte die Schultern. «Dann würde er es trotzdem nicht verstehen. Nimm nur mal den Begriff Gnade, das ist für ihn doch zu hoch.»

«Was bedeutet es denn?»

«Gnade ... kannst du das erklären?»

«Gnade kommt von Gott», sagte der Vorarbeiter. Jakob schien verärgert. «Ich fange wieder mit der Arbeit an.» Er stand auf, um hinauszugehen. Der Maurer hielt ihn auf und fragte: «Kannst du mir einen Gefallen tun und das Lied für mich aufschreiben, in Deutsch natürlich?»

«Weiss nicht ... vielleicht ... wenn ich Zeit habe ... vielleicht.»

«Aber hebe den Zettel bitte auf», rief der Vorarbeiter ihm noch nach.

Nicht lange danach passierte es.

Karl spielte sein Spiel und lebte sein Leben zwischen seinen Freunden auf der Baustelle. Er gab dem Führer des Turmkrans

Anweisungen. Ihn bewunderte er sehr und nach seiner Meinung bedurfte dieser auch besonders seiner Hilfe. Natürlich fand er es schade, dass er ebenerdig bleiben musste, aber er versuchte, seine Sache so gut wie möglich zu machen, laut rufend, den Kopf im Nacken und wild gestikulierend.

Glücklicherweise waren ihm die anderen Stahlflechter wohlgesonnener als Jakob, so dass auch dieser Baustellenbereich nicht ohne seine Anweisungen auskommen musste.

An einem Nachmittag, kurz vor Feierabend, wollte Jakob noch etwas Betoneisen von einem Laster holen, der mit den verschiedensten Baumaterialien hoch beladen war. Der Laster stand etwas schief weggesunken auf dem unebenen Boden der Baustelle. Eigentlich hätte das den Stahlwerker zur Vorsicht mahnen sollen. Vielleicht hatte er es auch übersehen, auf jeden Fall ging es total schief.

Als er versuchte, ein paar Stangen aus der Ladung zu ziehen, rollte eine ganze Partie seitlich vom Wagen herunter. Jakob stürzte und ein Bein wurde von einem Bund Eisenstäbe eingeklemmt. Während er sich bemühte freizukommen, sah er etwas, das ihn vor Angst und Entsetzen aufschreien liess. Ein Stapel Betonplatten war ins Rutschen gekommen; wenn sie vom Laster fielen, würde er darunter zerschmettert werden!

Er kämpfte, um loszukommen, Angstschweiss brach ihm aus. Jakob merkte, dass er keine Chance hatte, alleine loszukommen und schrie um Hilfe.

«Jungs! ... Hilfe! ... In Gottes Namen ... Hilfe!» Und mitten in seiner Verzweiflung tauchte plötzlich der Mongoloide auf. Mit ein paar Sprüngen war das grosse Kind neben ihm.

«Helfen – ich helfen!», schrie Karl, und bevor Jakob beim Anblick dieses armen Tropfs alle Hoffnung verlor, setzte dieser mit einem unglaublich kräftigen Schwung seinen Balken hinter eine aufrechtstehende Stange der Ladefläche. So konnte er für einen Moment die rutschenden Betonplatten aufhalten. Dann lehnte er sich mit seinem ganzen Gewicht dagegen, ohne sich bewusst zu sein, welcher Gefahr er sich dabei aussetzte. Oder schätzte er die Situation doch besser ein, als man es von einem Mongoloiden erwarten konnte?

Er blickte zu Jakob hinunter, der schreiend zu seinen Füssen lag und mit den schweren Eisenstangen kämpfte, gemeinsam schrieen sie: «Hilfe ... Hilfe ... Jesus Hilfe!»

Dies alles geschah innerhalb von Sekunden, aber es schienen Ewigkeiten zu vergehen, bis die anderen Arbeiter angerannt kamen. Glücklicherweise begriffen sie gleich den Ernst der Lage. Ein paar der Männer zerrten die Eisenstangen zur Seite, während andere Jakob aus seiner misslichen Lage befreiten. Niemand, ausser dem Vorarbeiter, bemerkte, in welcher Gefahr sich Karl befand. Mit ein paar Schritten stand er neben dem Jungen und zog ihn von den Platten weg. Sekunden später stürzten sie mit lautem Getöse vom Laster. Durch ihr Gewicht zersplitterten sie Karls Balken, der sie einen Moment am Herunterrutschen gehindert hatte.

Nach dem Krach herrschte eine unheimliche Stille. Der Stahlflechter hatte die Augen geschlossen und war kreidebleich.

«Wie geht es deinem Bein?», durchbrach jemand das Schweigen. Jakob antwortete nicht. Doch sein schmerzverzerrtes Gesicht sprach Bände. Vorsichtig halfen sie ihm auf und wollten ihn zum Bauwagen tragen, doch das liess er nicht zu. Gestützt von zwei Männern, humpelte er in Richtung Wagen. Nach ein paar Schritten hielt er inne und fragte heiser: «Wo ist Karl?» Es war das erste Mal, dass er nicht «der Mongoloide» sagte.

«Der streunt bereits wieder herum. Vielleicht hat er alles schon wieder vergessen.»

«Reines Glück, dass der Junge gerade in der Nähe war», meinte einer, der mit dem Vorarbeiter hinter Jakob herging.

«Sicher», bestätigte der Vorarbeiter und warf seinem Kumpel einen sonderbaren Blick zu. «Pures Glück, dass er gleich handelte und zufällig den Balken so hinstellte, dass die Platten aufgehalten wurden ... Hast du auch bemerkt, wie Karl versuchte, mit seinen Händen die Ladung aufzuhalten? Alles pures Glück? ... Oder könnte es vielleicht noch etwas anderes sein?»

Schweigend gingen sie weiter. Kurz bevor sie den Bauwagen erreichten, blieb Jakob stehen und lauschte aufmerksam. Die Männer, die ihn stützten, spürten, wie er am ganzen Körper zitterte. Von irgendwoher klangen die Töne der Mundharmonika. Dem Stahlflechter liefen Tränen über das Gesicht und niemand wunderte sich darüber.

Was sie in diesem Moment erlebten, konnte keiner in Worte fassen. Vielleicht kannte Karl die Worte nicht ... Vielleicht ging der Begriff Gnade weit über seinen Verstand ... aber er lebte ihn ...!

«Amazing Grace! How sweet the sound,
that saved a wretch like me!
I once was lost, but now I'm found,
was blind, but now I see.»

Das Weihnachtsfest des Sargbauers

Keuchend lehnte sich Martin gegen die feuchte Wand des kleinen dunklen Hausflurs. Nie zuvor war ihm das Treppensteigen so schwer gefallen. Ein Gefühl der Enttäuschung beschlich ihn. Wenn ihm das Treppensteigen so viel Mühe bereitete, dann würde er es nicht länger machen können. Jemanden um Hilfe bitten, bedeutete, dass er ein Geheimnis preisgeben musste, das er schon so viele Jahre sorgfältig gehütet hatte. Ach, eigentlich nicht wegen des Geheimnisses, aber war es nicht so, dass die linke Hand nicht wissen sollte, was die rechte tat?

Er bedauerte, dass er es künftig nicht mehr machen konnte. Am Abend vor Weihnachten brachte er den Allerärmsten eine Gabe. Dafür hatte er das ganze Jahr etwas zur Seite gelegt. In den Säcken befanden sich hauptsächlich Lebensmittel. Er trug sie durch die dunklen Gassen und erklomm behutsam verfallene Treppen, manche so steil wie Leitern. Vorsichtig, ohne Lärm zu verursachen, stellte er seine schwere Last vor die Türen der Wohnungen. Es war ihm jedesmal gelungen, rechtzeitig wegzukommen, ohne entdeckt zu werden. Nach jedem Sack, den er ablieferte, musste er das ganze Stück durch die dunklen Gassen zurück, um die nächste Ladung in seiner Werkstatt zu holen. Es roch nach Schnee und er fror.

Glücklicherweise waren die Strassen schneefrei, so dass ihm das Gehen nicht noch schwerer fiel. Aber jede Tour dauerte länger, und immer öfter musste er seine Arbeit unterbrechen, um wieder zu Atem zu kommen. Erleichtert lieferte er den letzten Sack ab. Obwohl es ihm schwer gefallen war, hatte er's geschafft und war dankbar dafür. Seine Beine schmerzten zwar ein wenig, aber das würde schnell wieder vergehen. Nur seine Atmung bekam er nicht mehr unter Kontrolle und dieses sonderbare Pochen seines Herzens.

Wie ein dunkler Schatten bewegte er sich, ab und zu Halt suchend, durch die unbeleuchteten Strässchen. Der Gedanke, dass er diese Arbeit wohl in Zukunft nicht mehr ausrichten konnte, drohte seine Freude zu rauben. Er redete sich ein, dass jeder Mensch seine schwachen Augenblicke habe und dass diese plötzliche Müdigkeit vorbeigehen würde. An Kraft hatte es ihm bis jetzt noch nie gefehlt. Ein Ruhetag, und er würde wieder der Alte sein.

Wie schön, dass morgen Weihnachten war! Er dachte an die Menschen, die er heute Abend mit dem Allernötigsten beschenken konnte. Wenn er über die Bitterkeit ihrer Armut nachdachte, kam in Martin das Verlangen, reich zu sein.

Ihm wurde warm ums Herz. Ja, Gott war arm geworden, um Sünder reich zu machen! Der Gedanke daran erfüllte ihn mit Freude. Mit einem Lied im Herzen erreichte er sein Haus. Die Werkstatt lag im Dunkeln. Tastend betrat er den Raum, hängte Hut und Mantel an einen Haken und suchte die Kerze, um Licht zu machen. Erstaunt drehte er sich um, als die Tür hinter ihm geöffnet wurde.

«Meister Martin?»

«Martin, ja, das bin ich, aber Meister können Sie weglassen. Das höre ich heute zum ersten Mal ... Ich vergass, die Tür abzuschliessen ... Wenn Sie sich einen Augenblick gedulden, ich mache gerade Licht.»

Er zündete die Kerze an und liess den kärglichen Schein auf den späten Besucher fallen. Ein Unbekannter, und soweit bei dem unsicheren Kerzenschein zu sehen war, anders gekleidet, als es in dieser Gegend üblich war.

«Kann ich Ihnen behilflich sein?», fragte Martin.

«Ich bin zu Ihnen geschickt worden.»

«Wenn Sie eine Unterkunft suchen, die Herberge ist am Rande der Stadt. Ich kann Ihnen erklären, wie Sie dorthin finden, man verläuft sich leicht im Dunkeln.»

«Obdach brauche ich nicht», erwiderte der Fremde freundlich. «Ich habe einen Auftrag, ich möchte einen Sarg.»

«Einen Sarg?», wiederholte Martin überrascht.

«Die machen Sie doch?»

«Ja, sicher», Martin zögerte, «aber an *diesem* Abend? ... So etwas ist mir noch nie zuvor passiert, dass am Heiligen Abend jemand einen Sarg bestellt! Und wann müsste der Sarg abgeliefert werden?»

«Ich würde Sie nicht belästigen, wenn ich ihn nicht direkt brauchen würde», sagte der Mann.

«Heute Abend?»

Martin kam aus dem Staunen nicht mehr heraus. «Ich kenne Sie nicht und ich weiss nicht, was Sie bewogen hat, hierher zu kommen, um einen Sarg zu kaufen. Ich sehe, dass Sie nicht aus dieser Gegend sind. Ich würde Ihnen gerne helfen, aber was Sie verlangen, ist unmöglich. Es ist Abend und ich habe keine Särge vorrätig.»

«Das weiss ich. Sie machen sie nur im Auftrag, Meister Martin. Gerade deshalb bin ich hier. Es ist mein Auftrag.»

Der Mann verwirrte ihn. «Aber wenn ich keinen Sarg an Lager habe und die Zeit fehlt, einen zu machen, was erwarten Sie denn von mir? Ich möchte nicht unhöflich sein, aber ich hatte einen anstrengenden Tag und ich bin müde. Ich weiss nicht, wie ich Ihnen helfen kann.»

Der Fremde ging zum Schaufenster der Werkstatt und machte eine Gebärde, die Martin noch mehr verwirrte, aber dieses Mal, weil er begriffen hatte, was der Mann meinte.

«Kommen Sie deswegen?»

«Darf er nicht gebraucht werden, Meister Martin?» Martin versuchte, in das Gesicht des Fremden zu blicken, doch das flackernde Kerzenlicht warf nur Schatten darauf.

«Dieser Sarg ... wie soll ich es Ihnen erklären ... Eigentlich ist er nicht zum Verkaufen gemacht. Die Herberge hat ihr Aushängeschild, und dieser Sarg ...»

«... ist viel mehr als das», ergänzte der Fremde. «Jeder in dieser Stadt kennt das Kunstwerk des Sargbauers. Vor diesem Fenster haben viele nicht nur Ihre Geschicklichkeit bewundert, sondern auch oft Trost gefunden.»

«Noch nie ist jemand gekommen und hat nach diesem Sarg gefragt. Und das hat mich, ehrlich gesagt, auch nicht erstaunt. Aber wer braucht diesen Sarg? Was für ein Mensch ist es?»

«Ein Geliebter ... Sie würden ihm den Sarg bestimmt geben, wenn Sie ihn kennen würden. Der Sarg ist sozusagen für diese Person gemacht. Das Einzige, was Sie an Ihrem Werk hinzufügen müssen, ist eine kleine Krone auf dem Deckel. Ich zeige Ihnen, wo genau.»

«Ja, Sie gehen davon aus, dass ich auf Ihre Bitte eingehe, aber ich weiss wirklich nicht, ob ich das tun soll», sagte Martin nachdenklich. Trotzdem stellte er die Schragen in seiner Werkstatt auf und setzte den Sarg darauf. Sogar bei dem trüben Licht der Kerze sah man, dass es sich um ein Meisterwerk handelte. Der Sarg war mit wunderbaren Holzschnitzereien verziert. Die Innenseite bekleidete ein dunkelroter Stoff, der mit feinster Spitze besetzt war.

«Als ich diesen Sarg machte», sagte Martin, während er mit seinen Händen über das Holz strich, «hatte ich kurz zuvor zum ersten Mal in meinem Leben richtig Weihnachten gefeiert. Christus war in mein Herz gekommen! Ich war so erfüllt von diesem Erlebnis, dass ich es durch meine Arbeit ausdrücken wollte. Während ich das Holz bearbeitete, dachte ich an das Kreuz, an dem der Heiland meine Sünden trug. Der rote Stoff erinnerte mich an sein Blut, das er für mich dahingab, um mich reinzuwaschen, weisser als die schöne weisse Spitze, die ich benutzte. Ich weiss noch, wie ich in Gedanken immer mit dem beschäftigt war, was Christus für mich getan hat. Die unbegreifliche Liebe liess mich die Bilder so schnitzen, wie Sie sie hier sehen. Das Staunen der Hirten: Genau wie ich, wussten sie, dass sie es nicht wert waren und trotzdem zur Krippe gerufen wurden. Sie durften sich ihm nahen, vielleicht haben sie ihn sogar berührt ... Josef und Maria und ihr Geheimnis ... und hier Pilatus, der Recht sprechen sollte und es nicht tat ... Die Kreuzigung ... Das offene Grab ... Sein Kommen auf den Wolken ... Ich habe alles nachempfunden, während meine Hände den Meissel und das Hohleisen führten. Manche schüttelten nur den Kopf darüber, einen Sarg so zu verzieren, doch andere nannten den Sarg eine Bilderbibel und das machte mich froh. Ja, vor allem Kinder konnten ihn stundenlang betrachten. An ihren Augen sah ich, dass sie in Gedanken in Bethlehem waren und auf Golgatha, so wie ich, als ich den Sarg schnitzte. Er stand all die Jahre im Fenster meiner Werkstatt. Das Holz ist im Verlauf der Jahre schöner geworden, die Farbe wärmer und tiefer ...

Vielleicht haben die Menschen Recht, die behaupten, es sei töricht, einen Sarg so zu bearbeiten. Aber ich bin überzeugt davon, dass es richtig war. Eigentlich hatte ich auch immer eine leise Ahnung, dass der Sarg einmal gebraucht würde. Vielleicht ist das heute der Fall ... Aber können Sie mir nicht mehr über diesen Menschen erzählen, für den Sie den Sarg brauchen, für den Fall, dass ich ihn zur Verfügung stelle?»

«Ich werde Ihnen von ihm erzählen, wenn Sie die Krone auf dem Deckel angebracht haben», sagte der Mann leise.

Martin nahm den Deckel und legte ihn auf den Sarg, zusammen bildeten sie eine vollkommene Einheit.

«Hier», zeigte der Fremde, «im Herzen des Kreuzes, bitte ich Sie, eine Krone zu schnitzen.»

«Ist der Sarg für einen Fürsten?», fragte Martin. «Diese Ehre ist mir noch nie zuvor zuteil geworden. Ich habe bis jetzt nur den Armen gedient ... Und nach welchem Vorbild soll ich arbeiten? Wie soll die Krone aussehen?»

«Das überlasse ich Ihnen. Ich bin mir sicher, dass diese Schnitzerei so gut wird wie die anderen.»

«Aber ich habe noch nie eine richtige Krone gesehen!»

«Denken Sie nur an die Krone des Lebens, die jeder empfangen wird, der treu ist, bis in den Tod.»

Bevor Martin antworten konnte, hatte der Fremde die Werkstatt verlassen. Martin ging zum Fenster, um ihm nachzusehen, aber er war bereits verschwunden. Eine Weile stand er da und schaute in Gedanken versunken hinaus. Es hatte zu schneien angefangen. Dann nahm er den Deckel vom Sarg und legte ihn auf die Werkbank.

«Die Krone des Lebens» ... Die Krone des Lebens! Ja, das stand in der Bibel. Ein Mensch, der die Krone des Lebens empfangen wird! O Wunder Gottes ...! Aber nur durch den Verdienst Christi. Nur durch Gnade. Und was für ein hoher Preis hatte der Herr zahlen müssen, um die Krone den Sündern geben zu können ... «Und sie flochten eine Krone aus Dornen, setzten sie auf sein Haupt. Der König der Könige liess sich erniedrigen, um Sünder zu erhöhen ...»

Martin wusste genau, dass sich kein Mensch die Krone des Lebens aus eigener Kraft verdienen konnte. «Herr Jesus», flüsterte er, «es kann nie die Krone auf mein eigenes Werk sein, die Krone des Lebens ... Wenn ich je eine Krone tragen werde, dann nur, wenn du die Krone auf dein Werk setzt ...»

Sorgfältig wählte er das Werkzeug aus und einen Augenblick später ging er ganz in seiner Arbeit auf. Nein, eine Krone hatte er noch nie gesehen, aber es ging, wie der Fremde vorausgesagt hatte. In Gedanken an das Erlösungswerk des Heilands vertieft, fand er die Inspiration, die seine alten Hände lenkten. In festen, aber dennoch zarten Linien schnitzte er eine Krone, im Herzen des Kreuzes.

Tischler hätte er werden wollen. Als kleiner Junge hatte er davon geträumt. Aber es war anders gekommen. Der Tod hatte ihm sein Leben lang viel Arbeit besorgt. Er wischte den Staub und die Späne vom Sargdeckel und betrachtete sein Werk. Die kleine Krone passte harmonisch in die ganze Schnitzerei. Nie hatte er etwas an dem Sarg vermisst, aber jetzt schien es ihm, als ob dies das Einzige sei, das immer schon gefehlt hatte.

«Die Krone Ihrer Arbeit, Meister Martin», klang es hinter ihm. Er richtete sich mühsam aus seiner gebeugten Haltung auf und schaute erstaunt zu dem Fremden, der auf einem kleinen Hocker neben dem Fenster Platz genommen hatte.

«Was den Sarg betrifft, schon ... aber der Rest ... Ich habe Sie gar nicht hereinkommen hören.»

«Sie waren so in Ihre Arbeit vertieft.»

Martin klopfte seine Kleider ab und setzte sich auf den Rand des Sarges.

«Sie sind müde, Martin.»

«Ja», bestätigte Martin, «sehr müde, aber auch froh und zufrieden. Es ist, als ob gerade das noch am Sarg gefehlt hätte. Die Krone des Lebens ...» Sie sassen im flackernden Licht der einsamen Kerze. Martin konnte den Fremden kaum erkennen. «Erzählen Sie mir jetzt bitte mehr über den Menschen, für den Sie den Sarg brauchen», sagte Martin und klopfte dagegen. «Ich muss zugeben, ich weiss nicht, ob ich bereit bin, ihn abzutreten.»

«Sie haben schon so viele gemacht und keinen behalten.»

«Ja, das stimmt, aber dies ist eine Ausnahme. Hier habe ich so viel von mir selbst hineingelegt. Meine Trauer, mein Verlangen, mein Glück ...»

«... und Ihren Glauben, Ihre Erwartung und Liebe», ergänzte der Fremde.

«Ja, das stimmt.»

«Aber so war es doch mit allen Särgen, die Sie gezimmert haben, Meister Martin?»

«Nennen Sie mich bitte nicht Meister, einfach Martin», bat Martin eindringlich.

«Gut, aber doch war all dein Schaffen Meisterwerk, Martin. Liebeswerk ist Meisterwerk. Du machtest sogar Särge für Leute, die als schlechte Menschen verschrieen waren. Für Lambert, zum Beispiel.» Überrascht richtete sich Martin auf.

«Du erinnerst dich an Lambert, Martin?»

«Er war mein Freund! Er war kein schlechter Mensch. Auf jeden Fall nicht schlechter als ich. Wer hat Ihnen von Lambert erzählt? Und was hat man gesagt?»

«Er muss ein schmutziger Landstreicher gewesen sein.»

«Reicht das, um einen Menschen zu verurteilen? Er wurde als Waise sich selbst überlassen. Er hatte keine Verwandten und niemand kümmerte sich um ihn. Er gehörte zu den Benachteiligten, zu denen, die von den Menschen gehindert werden, den rechten Weg zu gehen. Er wäre im Stande gewesen, ein Handwerk zu erlernen. Dafür war er geschickt genug. Aber niemand gab ihm eine Chance. Durch Betteln musste er seinen Lebensunterhalt verdienen. Nur bei Landstreichern fand er einen Platz.»

«Er muss ein Säufer gewesen sein.»

«Als ich ihn kennen lernte, war er ein verbitterter Mensch, und er trank, ja, das ist wahr. Aber er war nicht schlecht. Jedenfalls nicht so, wie die Leute das meinen.»

«Die Menschen hatten Angst vor ihm und sorgten dafür, dass ihre Kinder nicht in seine Nähe kamen. Man sagt, dass er ein gefährlicher Mann gewesen sei.»

«Aber ich war dabei, als er sich aufs Eis wagte, das noch kein Kind tragen konnte, um einen jungen Hund zu retten. Ein vernachlässigtes Tier, ein Streuner, wie er ... und einmal zog er hier in dieser Werkstatt ein Lämmchen auf, das eigentlich keine Überlebenschance gehabt hatte und von einem Bauern dem Tod überlassen wurde ... Und keines der Kinder, die ihn kannten, hatte Angst vor ihm!»

«Aber dennoch ist er als Mörder gestorben, Martin.» Martin beugte seinen Kopf. «Die Leute haben Ihnen viel erzählt», sagte er leise. «Ja, sie fanden ihn in der Nähe eines toten Mannes, der im Schilf lag. Jeder glaubte, dass Lambert ihn erschlagen und ausgeraubt hätte. Wie er auch seine Unschuld beteuerte, jeder war überzeugt, dass er der Mörder sei.»

«Weil er ein steinharter Kerl gewesen ist, sagt man. Er zeigte keine Reue, und am Galgen, als der Henker das Seil um seinen Hals legte, soll er sein Gesicht zu einem Grinsen verzogen haben.»

«Es gibt Leute, die sehen, dass sie ihr Leben nicht retten können. So ein Mensch war Lambert.» Martin strich sich mit der Hand über seine Augen. «An einem bitterkalten Tag lernte ich ihn kennen. Ich rief ihn in meine Werkstatt, damit er sich am Feuer wärmen konnte. Er war scheu wie ein Vogel und konnte erst gar nicht glauben, dass ich es gut mit ihm meinte. Ich teilte mein Brot mit ihm und seit jenem Tag besuchte er mich regelmässig. Ich gab ihm kleine Arbeiten in meiner Werkstatt. Er wohnte in einer armseligen Hütte am Stadtrand.»

«Nach seiner Verhaftung fand man dort ein kostbares Kunstwerk, das er aus einer Kirche gestohlen haben muss», warf der Fremde ein. «Eine Weihnachtskrippe und im Hintergrund Golgatha und das offene Grab. Es war aus einem Stück Kirschbaum geschnitzt.»

«Er hatte es nicht gestohlen, er hatte es geschenkt gekriegt. Es war kein Kunstwerk und auch nicht kostbar ... nur für ihn. Durch die Schnitzereien auf dem Sarg kamen in ihm viele Fragen hoch, die ich, so gut ich konnte, beantwortete. Gott öffnete sein Herz für das Evangelium. Da, wo Sie jetzt sitzen, haben wir uns hingekniet und er hat seine Sünden bekannt und sein Leben Gott übergeben. Er konnte weder lesen noch schreiben und darum hatte ich ihm jene Weihnachtskrippe geschnitzt. Aber man glaubte mir nicht, als ich das erzählte. Die Leute dachten, ich wolle ihn in Schutz nehmen. Und das, was Sie Grinsen nennen, ich habe das Lächeln in seinem Gesicht gesehen, als er sterben musste. Das Abschiednehmen hatte ihm keine Mühe bereitet. Das Leben war für ihn eine lange Last gewesen. Er sah den Himmel vor sich, die Krone des Lebens hat er empfangen!»

«Ein Räuber und Mörder, Martin! Die Richter haben seine Sache gewissenhaft untersucht und nach Ehr' und Gewissen geurteilt!»

«Ich weiss, dass er kein solches Verbrechen begangen hat», sagte Martin. «Und sie würden es verstehen, wenn sie ihn gekannt hätten, so wie ich ihn kannte ... Man hat ihn ungerecht behandelt, aber ihm doch ungewollt einen grossen Dienst erwiesen.»

«Du hast einen Sarg für ihn gemacht.»

«Ja, aber sie erlaubten mir nicht, ein Kreuz auf den Deckel zu schnitzen, obwohl ich eindringlich darum bat.»

«Darum schnitztest du es an die Innenseite des Deckels, nicht wahr?» Martin hob erschrocken den Kopf und schaute entsetzt auf den Besucher.

«Niemand kann das gesehen haben!», flüsterte er. «Niemand! Die Einzige, die es wusste, war die kleine Rosa. Sie war dabei, als ich an der Innenseite des Deckels arbeitete. Aber ich kann nicht glauben, dass sie das jemandem erzählt hat. Lambert war ihr Freund.»

«Aber ihr allergrösster Freund warst du, Martin.»

«Ja, und das mit dem Kreuz war unser Geheimnis. Es muss ihr herausgerutscht sein, obwohl ich bis heute nicht wusste, dass dies jemandem bekannt war. Die Kleine war die Sonne in unserem Leben, mein Herr. Jahrelang hat man keine Kinderstimme in meinem Haus mehr gehört. Ihr Lachen war für uns eine Erquickung und in ihrer Nähe war Lambert ein anderer Mensch. Wir hatten oft zusammen gesungen. Wir erlebten ein Stück Himmel auf Erden. Ich sah sie zum ersten Mal, als sie ihre Nase am Fenster plattdrückte und den Sarg bewunderte.»

«In Lumpen und barfuss, Martin.»

«Ja, sie war durch und durch kalt. Ihre Eltern waren arm. Ich holte sie herein zum Ofen und gab ihr etwas zu essen. Es tat mir weh, als ich sah, wie ausgehungert sie zulangte. Aber wie hatte sie sich verändert, nachdem sie aufgewärmt und satt war.

Aus purer Lebensfreude tanzte sie durch die Werkstatt. Es verging kein Tag, an dem sie mich nicht besuchte. Sie kehrte die Hobelspäne zusammen, sass auf Lamberts Schoss und hörte uns zu, wenn Lambert und ich über die Geschichten aus der Bibel sprachen. Nichts ist so empfänglich wie ein Kinderherz. Einmal traf ich sie auf der Strasse als Evangelistin zwischen anderen Kindern.»

«Aber du musstest auch sie hergeben, Martin.»

«Ganz plötzlich ist sie gestorben, nicht lange nach Lamberts Tod. Sie wohnte in einem schmutzigen Elendsviertel. Gott pflückte sie als Blume von einem Misthaufen.»

«Vom Sarg, den du für sie machtest, wird immer noch gesprochen.»

«Ich hätte gerne besseres Holz verwendet, aber mir fehlte das Geld dafür.»

«Das Holz ist nicht aufgefallen, Martin, aber die geschnitzten Rosen, mit denen du den Sarg verziertest, haben alle gerührt ... Danach warst du sehr einsam.»

«Das stimmt. Aber ich kann an viele Menschen zurückdenken, die mich glücklich gemacht haben. Die Erinnerungen habe ich behalten.»

«Aber man erzählt auch, dass Jakob dich um dein Erspartes gebracht habe. Er hat dich betrogen und bestohlen. So war es doch! Dein Knecht, an dem du so gehangen hast. Ein Mann, dem du vertraut hast.»

«Sie haben zu viel gefragt, oder man hat Ihnen zu viel erzählt. Jakob war kein schlechter Mensch. Als seine Frau krank wurde und mehr Pflege brauchte, als er zahlen konnte, ist Jakob der Verführung erlegen. Ich hatte ihm in jener Zeit zu viel überlassen. Manchmal schaut ein Mensch zu weit, so dass er die Not in seiner Nähe nicht bemerkt.»

«Aber du hattest fast alles verloren. Mit Mühe konntest du deine Wohnung und die Werkstatt behalten und du hast lange gebraucht, die Schulden abzutragen.»

«Ja, das stimmt. Aber er war schlimmer dran als ich.»

«Du hast ihn nicht angezeigt?»

«Wie konnte ich? Haben Sie seine Reue gesehen, so wie ich? In dieser Werkstatt hat er seinen Kummer und seine Gewissensbisse herausgeweint. Er muss sich selbst angezeigt haben. Warum hätte ich ihn anzeigen sollen? Meinen Besitz hätte ich damit nicht zurückbekommen. Er wäre ins Gefängnis gekommen und seine Frau wäre bestimmt gestorben ... Ich bot ihm an, zu mir zurückzukommen, doch er zog in eine andere Gegend. Vor kurzem hörte ich, dass er ein rechtschaffener Mann geworden sei und dass es ihm gut gehe. Ich hab mich gefreut, das zu hören.»

«Du hast ein schwieriges Leben gehabt, Martin», sprach der Fremde.

«Nein, trotz allem», antwortete Martin, «ich hatte ein gutes Leben.»

«Deine Frau und die Kinder verlorst du während einer Pestepidemie. Für die, die du so lieb hattest, konntest du keine Särge machen, in die du die Wärme deines bewegten Herzens hättest legen können. In einem gemeinsamen Grab waren sie schnell beerdigt worden. Doch du bist kein verbitterter Mensch geworden. Wie hast du, trotz allem Schmerz, so leben können wie heute Abend, als du ausgingst in das Elendsviertel der Stadt? Und warum hast du dir mit deinen Särgen solche Mühe gegeben?» Martin beugte den Kopf. Sein Herz wurde schwer. Alle seine Geheimnisse schienen bekannt zu sein.

«Ich sehe, man hat Ihnen viel erzählt, mehr als ich ahnte, dass jemand weiss. Ich habe keinen Grund, verbittert zu sein, weil ich Gottes Liebe kenne. Als ich in den besten Jahren meines Lebens wegen der Armut und dem Elend um mich herum rebellisch wurde, lernte ich Gott als meinen persönlichen Heiland kennen! Oh, wie gewaltig war das, als ich Gottes Ziel für mein Leben erkannte. Er ist mein Schöpfer und ich darf für Ihn leben ... Wissen Sie, mein Handwerk ist nichts im Vergleich mit Gottes Arbeit. Er erschuf uns nach seinem Bild und Gleichnis. Das stand mir bei meiner Arbeit immer vor Augen. Der

Mensch ist ein wertvolles Kunstwerk, mein Herr! Er hat uns gezeigt, dass Er uns wie ein Vater liebt, als wir Ihm davonliefen. Er hat uns nicht uns selbst überlassen, sondern hat uns gesucht und uns seine Vergebung geschenkt. Das hat mich reich gemacht, die Liebe meines Herrn. Ich würde Ihnen gerne erzählen, was Christus für mich bedeutet, aber ich finde nicht die richtigen Worte dafür. Er weiss, dass ich Ihn liebe, weil Er mich zuerst geliebt hat ... Und was die Särge angeht ... Warum ich versuche, sie so schön zu machen? Ich hätte gerne mehr gemacht. Ich wollte dem Tod nicht das letzte Wort überlassen ... Der hat auch nicht das letzte Wort!»

Martin schwieg und griff sich an die Brust. Sein Herz pochte wieder so seltsam. Er brauchte dringend Ruhe. Schlafen, ja das würde ihm gut tun.

«Aber», er richtete seinen Blick auf den Fremden, der von seinem Platz am Fenster aufgestanden war und langsam auf ihn zukam, «Sie wollten mir doch von dem Menschen erzählen, für den Sie den Sarg brauchen?»

«Wir könnten noch lange weitermachen», sprach der Fremde leise, «aber reicht es noch nicht?»

«Ich verstehe nicht», sagte Martin erstaunt, «und ich weiss immer noch nicht, ob ich Ihrer Bitte Folge leisten soll ...»

«Martin!»

Plötzlich wurde sein Name so gerufen, wie er ihn noch nie gehört hatte. Eine unbeschreibliche Ergriffenheit überkam ihn. Er drehte sich nach der Stimme um, die er hinter sich vernommen hatte. Voller Staunen sah er in das Licht, das von einer Gestalt ausging, die er noch nie gesehen hatte und doch sogleich erkannte.

«Martin!»

Er versuchte zu antworten, aber ein Schwindelgefühl überkam ihn. Er griff nach dem Sarg, um sich daran festzuhalten, aber eine starke Hand fing ihn auf.

Am nächsten Morgen, als die Weihnachtsglocken läuteten und

die Nachricht über das Kommen Christi auf Erden über das verschneite Städtchen sangen, bemerkte ein kleiner Junge als Erster, dass der Sarg aus dem Fenster verschwunden war. Das Kind schielte durch die kleinen Scheiben und entdeckte den Sarg mitten in der Werkstatt auf den Schragen. Martin lag darin. Ganz deutlich sah der Junge eine goldene Krone auf den weissen Haaren ruhen, aber als er das erzählte, lachten ihn die Leute nur aus. Sie behaupteten, es sei eine Sinnestäuschung gewesen, durch das Spiel der frühen Sonnenstrahlen in den Glasscheiben.

Bei der Beerdigung war die kleine Krone im Herzen des Kreuzes niemandem aufgefallen, so vollkommen passte sie in die Arbeit des Sargbauers.

Die Spur in die Vergangenheit

Hier musste es gewesen sein. Er blieb stehen. Suchend, in seinen Erinnerungen wühlend, schaute er die Häuserfassaden an. Gab es irgendwo einen Anhaltspunkt? Er hatte geglaubt, es geradewegs wieder zu erkennen. Aber er hatte sich getäuscht. Jahrelang war er nicht mehr hier gewesen. Er hatte so oft an jenen Abend denken müssen, dass er meinte, das Haus ohne Mühe wieder zu finden. Es war nicht so, und ein Gefühl von tiefer Enttäuschung machte sich breit, während er einige Male die Kanalstrasse entlangging.

«Suchen Sie etwas?»

Beinahe wäre er mit einem Mann zusammengestossen.

«Wieso?»

«Sie laufen hier die Strasse rauf und runter wie ein Strassensänger. Sie geben nur keine Töne von sich. Und beinahe hätten Sie mich über den Haufen gerannt.»

«Wohnen Sie hier?»

«Nicht in dieser Strasse, sondern da vorne um's Eck.»

«Ja, ich suche etwas, aber ich bin ein bisschen durcheinander.»

«Welche Nummer suchen Sie denn?»

«Das ist ja das Problem, ich weiss sie nicht.»

«Tja, dann wird's schwierig.»

«Ja, das ist es. Ich war vor neun Jahren einmal hier und dachte, ich würde das Haus gleich wieder erkennen.»

«Zu wem möchten Sie denn?»

«Wenn ich das wüsste!»

Der andere schaute ihn misstrauisch an. «Sie kennen den Namen nicht? Sind Sie sicher, dass es hier sein muss?» Der Unterton entlockte Jasper ein Lächeln.

«Sie denken sicher, ich sei verrückt. Das sehe ich Ihnen an. Es ist tatsächlich etwas seltsam. Keine Adresse, keinen Namen und doch meinen, dass man jemanden, dem man nur einmal in seinem Leben begegnet ist, wieder finden kann.»

«Und Sie sind sicher, dass es in dieser Strasse war?»

«Ganz sicher! Das ist das Einzige, das ich bestimmt weiss.»

«Suchen Sie einen Mann oder eine Frau?»

«Einen Mann – im fortgeschrittenen Alter.»

«Hier wohnen mindestens acht Männer, die über 70 sind. Sie können ja überall läuten, aber wenn Sie nicht einmal den Namen kennen, werden die nicht schlecht staunen. Wie sah er denn aus? Gross, klein, hatte er lockige Haare oder eine Glatze, dünn oder dick? Können Sie ihn denn wenigstens beschreiben?»

«Ich weiss nur, dass er gläubig ist.»

«Fromm? Das kann nur der alte Weber sein! Wenn man jemandem nur einmal begegnet ist und das von ihm weiss, dann ist es bestimmt der alte Weber gewesen.»

«Gewesen? Lebt er denn nicht mehr?»

«Weiss ich nicht. Schauen Sie, dort hat er gewohnt, im Haus mit den roten Backsteinen, im ersten Stock.»

«Haben Sie ihn gut gekannt?»

«Gut? Was heisst hier gut? Er war ein netter Mensch, sehr hilfsbereit, aber wie Sie sagten 'gläubig'. Immer und überall redete er von seinem Glauben. Nun, mich interessiert das kein bisschen. Aber er ist hier schon vor Jahren fortgezogen. Wohin, weiss ich nicht, vermutlich in ein Altersheim. Wenn Ihnen so viel daran liegt, können Sie den Friseur dort drüben fragen, der weiss fast alles.»

Der Friseurladen war voll. Zwei Männer waren in «Behandlung», wovon einer mit seinem Kopf über dem Waschbecken hing. Drei Kunden warteten rauchend und plaudernd.

«Machen Sie die Tür zu, es wird nicht wärmer. Sie können sich auf eine Stunde Stehen einstellen, schnell ist man hier nicht.»

«Du solltest mit Klappstühlen arbeiten, Chef! Kunden einfach stehen lassen, gehört sich nicht.»

«Ich komme nicht zum Haareschneiden, ich suche jemanden.»

«Wenn Sie von der Polizei sind, können Sie die ganze Bande verhaften», rächte sich der Friseur.

«Lassen Sie sich nicht irreführen, mein Herr, diese Person versucht, den Verdacht von sich abzulenken, aber der hat ein beachtliches Strafregister.»

«Pass auf, was du sagst, nachher sitzt du hier auf meinem Stuhl.»

«Der Herr ist nicht von der Polizei. Wetten? Vornehme Person, viel zu gut gekleidet für einen Schnüffler.»

«Ich suche einen Herrn Weber», lachte Jasper, «einen alten Mann, der hier in der Nähe gewohnt hat. Jemand sagte mir, dass er hier immer seine Haare schneiden liess. Er muss vor Jahren umgezogen sein; wahrscheinlich ins Altersheim.»

«Er meint den alten Weber», klang es aus dem Waschbecken.

«Ja, bestimmt. Das ist sicher schon vier Jahre her, seit er fortgezogen ist.»

«War das nicht dieser halbe Pfarrer?» Der Mann, der das fragte, war nicht nur spindeldürr, sondern bei weitem der Kleinste in der Runde. «Jedes Mal, wenn man ihn traf, redete er über Gott und Jesus.»

«Halbso schlimm», verteidigte ihn der Friseur. «Der Mann hatte seine Überzeugung und dafür schämte er sich nicht. Davor kann man nur Achtung haben.»

«Bestimmt der kleine Zwerg, der wieder was an dem alten Weber auszusetzen hat!», klang es dumpf aus dem Waschbecken.

«Ich habe nichts gegen den alten Weber, nur gegen Pfarrer. Ich hab genug von ihnen im Radio gehört. Ich verstehe nicht, dass Leute so komisch reden müssen, wenn sie über Gott sprechen. Mit einer ganz anderen Stimme als normal.»

«Aber der alte Weber redete nicht so. Das war ein Mann aus Schrot und Korn und er hatte wirklich etwas zu sagen.» Mit einem Handtuch über dem Kopf, richtete sich der Mann vom Waschbecken auf. «Nein, sei mal ernst. Als ich im Dreck steckte, hat der alte Weber mir geholfen. Und das kann ich von den meisten meiner Freunde nicht behaupten.»

«Recht hast du», sagte der Friseur, während er den passenden Haarfestiger suchte, «kein schlechtes Wort über den alten Weber.»

«Ich musste oft über seine Worte nachdenken», meinte ein älterer Mann, der bisher geschwiegen hatte.

Der Magere schüttelte ungläubig den Kopf. «Man merkt, dass bald Weihnachten ist. Meine Güte, ich glaube bald, ich bin der einzige Heide in dieser Gesellschaft.»

«Ist er mit Ihnen verwandt, der alte Weber?», fragte der auf dem Frisierstuhl Jasper.

«Nein, aber ich möchte gerne seine Adresse haben.»

«Kann ich Ihnen geben.»

«Schau, schau!», rief der kleine Dürre.

«Ich zahle, wenn du diesen mit einer stumpfen Schere schneidest», konterte der andere, und zu Jasper fuhr er lachend fort: «Achten Sie nur nicht auf ihn. Wenn alle Menschen so wären wie der alte Weber, sähe die Welt ganz anders aus. Ich werde Ihnen seine Adresse geben.»

Das Altersheim lag in einem Neubaugebiet. Nun, neu war übertrieben, jedenfalls verglichen mit der Innenstadt.

Als Jasper das Gebäude betrat, war niemand weit und breit zu sehen. «Jeder muss mal», dachte er und wartete. Fünf Minuten später, als jemand mit einem Werkzeugkasten vorbeiging, wartete er immer noch. Der Mann stellte sein Werkzeug auf eine Fensterbank und fragte: «Niemand da, der Ihnen eine Auskunft geben kann?»

«Nein, ich warte schon eine Weile.»

«Die Dame vom Empfang ist krank. Ich habe die Aushilfe vorhin mit Tannenästen beladen gesehen. Vermutlich hilft sie bei der Weihnachtsdekoration. Die schwere Arbeit mache ich. Ich habe als Zimmermann im Baubetrieb angefangen, aber mit den Jahren habe ich alles Mögliche gemacht: Fliesen legen, Streichen, Maurerarbeiten usw. Ja, das alles muss man können bei einer Arbeit wie dieser hier. Wenn irgendetwas kaputt ist, dann repariere ich es auch. Nur vom Gas lasse ich meine Finger ... Schauen Sie, da ist sie ja!»

Jasper lief wieder zum Empfang und fragte nach dem alten Weber. «Ich glaube, P. Weber, aber ich bin nicht ganz sicher.»

Die Dame schaute auf einer Liste nach. Dann schüttelte sie den Kopf. «Ich fürchte, Sie sind hier nicht richtig. Sind Sie mit ihm verwandt?»

«Nein, nicht verwandt, ein Bekannter.»

«Es tut mir leid. Wassner, Weiland, Wilhelm – kein Weber.»

«Da kann man nichts machen, trotzdem vielen Dank.»

Jasper wandte sich enttäuscht dem Ausgang zu. «Kein Glück?», rief ihm der Hausmeister nach.

Jasper ging auf ihn zu. «Nein, sie konnte mir nicht weiterhelfen.»

Der Mann versuchte, den Fensterriegel zu reparieren. «Minderwertige Ware», brummte er. «Schauen Sie her. Einfach abgebrochen. Wenn das hier ein Jugendtreffpunkt wäre oder ein Kraftsportzentrum. Aber das sind ja nur alte Leute ...!» Er räumte sein Werkzeug zusammen, schaute zum Fenster hinaus und winkte. «Das ist Frau Besenbinder, dort hinter dem Fenster im ersten Stock auf der linken Seite. Sie ist schon fast 96, ist aber geistig noch voll da. Ja, das ist ein Segen.»

Er winkte noch einmal. «Das mache ich immer und sie weiss das. Sie hält Ausschau nach mir. In einem so hohen Alter wird man einsam, das kann ich Ihnen versichern. Sie haben keine Verwandten hier, oder?»

«Nein.»

«Ich meine nur, ich habe Sie hier noch nie gesehen. Ich kenne alle Besucher. Die Pensionäre erzählen gerne und ich höre ihnen geduldig zu. Ein Mensch muss seine Geschichte loswerden können. Jedes Leben ist wie ein Roman; meistens mit viel Kummer und Leid, ohne Happy End. Ausser es passiert etwas hier drin», und er klopfte sich auf die Brust.

Jasper schaute ihn überrascht an und hatte auf einmal eine Idee. «Arbeiten Sie schon lange hier?», fragte er den Hausmeister.

«Was heisst lang, jetzt sind es grad sieben Jahre.»

«Kennen Sie einen Weber?»

«Weber, Sie suchen den alten Weber?» Er schaute Jasper an, als ob er ihn jetzt zum ersten Mal sähe.

«Ich bekam diese Adresse bei seinem früheren Friseur.»

Der Mann nahm seinen Werkzeugkasten und fasste Jasper am Arm. «Kommen Sie», sagte er, «in meiner Werkstatt können wir ruhig reden.»

Jasper ging mit und wenig später sassen sie sich in einem kleinen Raum gegenüber. «Jemand, der den alten Weber gekannt hat, möchte ich auch kennen lernen», sagte der Mann. «Niemand hat mir so viel bedeutet wie der alte Weber.»

«Hat?», fragte Jasper.

«Ja, er ist heimgegangen. Ich weiss nicht, ob Sie mich verstehen, aber für mich ist er heimgegangen ... in den Himmel. Letzten Sommer ist er gestorben, deshalb konnte die Aushilfe am Empfang Ihnen nicht weiterhelfen. Sonst kennt ihn jeder hier im Haus. Ein durchschnittlicher und doch ein besonderer

Mensch. Als er hier einzog, war ich dabei, zugrunde zu gehen. Die Leute wollen sich immer entschuldigen. Ich könnte Ihnen eine lange Geschichte erzählen. Über die Umstände zu Hause, meine Familie, die mich völlig überforderte und meine Ehe, die zerbrochen war. Aber rückblickend weiss ich nur allzu gut, dass das noch kein Grund wäre, in der Gasse zu landen. Und in dieser Richtung ging es mit mir. Ich sass so tief im Dreck.» Er hob seine Hand hoch über seinen Kopf. «Und zu allem Unglück kam dann noch der Alkohol dazu. Ich hatte nie getrunken, nur ab und zu bei einem besonderen Anlass. Aber das änderte sich, als ich mit meinen Problemen nicht mehr fertig wurde. Damals wusste ich schon, dass das keine Lösung ist und dass ich dadurch noch mehr Boden unter den Füssen verlor. Es war, als ob ich einfach in die falsche Richtung gezogen wurde. Ich habe mich mit dem Gedanken beschäftigt, einfach Schluss zu machen ... Und dann schickte Gott den alten Weber. Das kommt Ihnen vielleicht seltsam vor, aber doch war es so. Nie vergesse ich den Tag, als ich das Namensschild P. Weber an seine Tür schraubte. Ich hängte seine Uhr auf und schlug ein paar Nägel für seine Bilder ein, da fragte er auf einmal, wie es mir gehe. Ich antwortete: 'Wieso denn?' Da meinte er: 'Man sieht es dir an, dass du Sorgen hast. Ich habe früher auch getrunken. Mann, so geht es nicht weiter mit dir!'

Das sagte er mir so, mitten ins Gesicht. Ein alter Mann, dem ich zum ersten Mal begegnete. Ich liess mir nichts anmerken und sagte ihm, dass er sich täusche, aber in meinem Herzen weinte ich. Und wie er mich anblickte! Er hatte mich durchschaut. Ein paar Tage war ich damit herumgelaufen und dann ging ich zu ihm. Das hat mein ganzes Leben verändert. Es war, als ob ich zum ersten Mal in meinem Leben heimkam. Ich hatte noch nie eine Kirche von innen gesehen, aber als der alte Weber mir von Jesus Christus erzählte, wusste ich gleich, dass es stimmte. Ich weiss nicht, ob Sie das verstehen können. Ein ganz normaler, alter Mann, aber er hatte etwas ... Ja, wie soll ich sagen. Er war so *menschlich*. Bei ihm war es so natürlich, zu glauben. Er half mir, vom Alkohol wegzukommen. Aber das Wichtigste, durch ihn lernte ich Gott kennen. Ich bin erlöst. Wissen Sie, was das bedeutet? Und das verdanke ich dem alten Weber. Das wollte ich loswerden ... Weil Sie ihn auch gekannt haben, verstehen Sie?»

Die Männer schwiegen eine Weile, jeder in seine eigenen Gedanken vertieft.

«Ich habe auch eine Geschichte», sagte Jasper schliesslich nachdenklich. «Es tut mir leid, dass ich sie ihm nicht selbst erzählen kann. Nach Weihnachten gehe ich in die Mission, als Arzt ... Das hätte ich ihn so gerne wissen lassen. Ich bin ihm nur einmal im Leben begegnet und das nicht gerade unter erfreulichen Umständen. Ich studierte, aber nach ein paar Jahren ging alles total daneben. Da passierte etwas, wodurch ich meinen Halt verlor und total entgleiste. Ich fing an, Heroin zu spritzen, und dann ging es rasch bergab mit mir. Man kommt schnell so weit, dass man stehlen muss, um sich Stoff zu besorgen. So ging es auch mir. Man verliert den Bezug zur Umwelt und alles dreht sich nur noch um eines: Heroin. Eines Abends kam ich in die Kanalstrasse, an der der alte Weber wohnte. Es kostete mich ziemliche Mühe, einen Mercedes aufzubrechen. Schliesslich gelang es mir doch. Ich hatte gerade das Radio ausgebaut, als mich jemand am Kragen packte. Panik erfüllte mich und ich wollte mich losreissen, doch der Mann war stärker. Als ich ihn mit dem Schraubenzieher bedrohte, riss er ihn mir aus der Hand und schlug mich zusammen.

Als ich wieder zu mir kam, sass ich am Kanal an einen Baum gelehnt. Ein paar Passanten standen um mich herum. Ich fühlte mich elend, das Blut lief über mein Gesicht und ich war total schmutzig; der Mercedes und sein Besitzer verschwunden.

Die Herumstehenden hatten alles beobachtet und machten dementsprechende Bemerkungen. Natürlich hatten sie Recht, ich verdiente es auch nicht anders ... Und dann kam der alte Weber. Er half mir auf die Beine. Die andern erklärten ihn für verrückt und sagten, bei so einem Gesindel sei eh alles vergebens. Der alte Weber erwiderte darauf etwas, das ich nie vergessen werde. Er sagte, dass wenn Gott so gedacht hätte, es nie Weihnachten geworden wäre. Ich höre ihn heute noch sagen: 'Also lieb hatte Er die Sünder, dass Er für sie starb.' Dann legte er seinen Arm um mich und nahm mich mit nach Hause. In seiner Wohnung wusch er mein Gesicht und behandelte die Wunden. Ich hatte ein blaues Auge, eine eingerissene Lippe und eine zerschlagene Nase. Ich muss schrecklich ausgesehen haben und ich war wütend auf den Kerl, der mich zusammengeschlagen hatte. Der alte Weber schien ihn zu kennen und machte mir klar, dass ich erstens nicht empört zu sein bräuchte und zweitens froh sein könne, dass es bei einer Tracht Prügel geblieben sei. Ich war natürlich nicht einverstanden, aber er hatte Recht. Er gab mir etwas zu trinken und redete ein wenig mit mir.

In jenem Moment schien alles völlig sinnlos zu sein, aber hinterher merkte ich, dass das, was er sagte, mich tief beeindruckte. Für ihn war ich kein dreckiger Süchtiger, der bekam, was er verdiente, sondern ein Mensch. Ein entgleister, aber dennoch ein Mensch. Zum ersten Mal in meinem Leben erzählte mir jemand ganz offen, wie Gott mich sah. Er sprach von Jesus Christus als einer Realität. Das habe ich nie mehr vergessen. Als der alte Weber das Wohnzimmer kurz verliess, haute ich schnell ab.

Seit jenem Abend habe ich keine Ruhe mehr gefunden, bis ich schliesslich Ruhe bei Gott fand.

Ich machte einen Entzug und nahm mein Studium wieder auf. Das ist in ein paar Sätzen erzählt, aber ich habe sehr viel Hilfe gebraucht, bis ich so weit war. Wenn ich zurückschaue, kommen mir einige Menschen in den Sinn, denen ich viel zu verdanken habe, aber wenn ich die Spur ganz zurückverfolge, sehe ich den alten Weber ... Ich kannte weder seinen Namen noch seine Adresse. An jenem Abend hatte ich ihm nicht einmal gedankt ... Eigentlich wollte ich das jetzt nachholen. Ich bin bis hierher gekommen, weil verschiedene Menschen sich erinnerten, dass er Christ war. Das ist doch herrlich, nicht wahr?»

«So möchte ich auch leben», meinte der Hausmeister, «dass sich die Menschen an mein Christsein erinnern.»

Sie sassen noch eine Weile zusammen und redeten darüber, was ihnen am wichtigsten geworden war: ein Leben mit Gott.

Ein Arzt und ein Hausmeister, zwei Früchte vom alten Weber, einem normalen, einfachen Mann, der die gute Botschaft Gottes weitergegeben hatte.

Genau so wie die Hirten damals, die überall erzählten, was sie von den Engeln gehört und im Stall selbst gesehen hatten.

Und in der kleinen Werkstatt haben die beiden Männer gemeinsam Gott gedankt.

Der Brummbär

Da stand er nun, seine nassen Hände hochhebend, hilflos suchend nach etwas, woran er sie abtrocknen könnte. Aber überall glänzten ihm die polierten Fliesen entgegen, und als er seine groteske Haltung im Spiegel bemerkte, wurde er ärgerlich. Kurzentschlossen ging er in einen Toilettenraum und drückte ohne zu zögern auf den roten Alarmknopf. Gleich darauf erschien eine Pflegerin, über die er seinen Unmut ausgoss.

«Hier», er zeigte ihr seine nassen Hände. «Kein Mensch kann hier seine Hände abtrocknen. Handtücher sind auf einmal unhygienisch geworden! Jahrhundertelang haben wir uns damit beholfen, aber jetzt muss so ein blecherner Kasten mit dem Papierkram her. So ein Wursteln mit den kleinen Tüchlein. Ich brauche mindestens drei Stück und dann muss ich immer noch mit meinem Taschentuch nachtrocknen. So ein Fortschritt! Und jetzt ist der Kasten leer und ich greife daneben. Wer ist eigentlich für das Auffüllen zuständig?»

«Haben Sie deswegen den Alarm gedrückt?», fragte die Pflegerin empört.

«Was hätte ich sonst machen sollen? An meinen Kleidern abtrocknen? Haben wir uns den Papierkrempel gewünscht? Jemand ist doch bestimmt zuständig, dass die Kästen aufgefüllt werden? Das kommt jetzt von dem modernen Getue. Ein normales Handtuch kann nass sein, aber es hängt wenigstens da, und dann kann man immer noch was damit anfangen, aber so ...» Sein Gesicht drückte nur Missbilligung aus.

«Trotzdem müssen Sie sich nächstes Mal was anderes ausdenken, als den Alarmknopf zu drücken. Ich meinte, dass es jemandem unwohl geworden sei, renne schnell hierher, und dann ist es nur wegen den Papierhandtüchern!»

Sie ging, deutlich verärgert.

Nur um Papierhandtücher. Das ist ja die Höhe! Madame schien auch noch beleidigt zu sein! Nicht den Alarm drücken. Was dann? Er regte sich noch mehr auf, aber da kam schon jemand von der Hauswirtschaft. Eine Dame – 'Fräulein' durfte man ja nicht mehr sagen – auch so was Dummes.

«Platzen Sie nicht, Herr Bosch», sagte die frech, «Sie sehen so zornig aus.»

«Als ob ich dafür keinen Grund hätte. Ihr habt dafür zu sorgen, dass das Ding voll ist.»

Sie zuckte lachend mit den Schultern und zeigte ihm die Handtüchlein, die sie mitgebracht hatte. «Es gibt viel Schlimmeres auf der Welt und wir haben genug zu tun.»

«Aber das ist doch eure Aufgabe?»

«Sicher, aber ein Mensch kann schon mal was vergessen. Vergessen Sie nie was?»

«Beim Militär würde so was bestraft; und dadurch wird einem das schnell ausgetrieben. Wenn wir früher etwas vergassen, bekamen wir ein paar Tage Arrest. Und während des Krieges konnte man sogar die Kugel bekommen.»

«Nun treiben Sie es zu bunt. Sie lassen mich dafür doch nicht erschiessen? An nassen Händen stirbt man nicht so schnell.»

«Ja, machen Sie nur einen Scherz daraus. So geht das heutzutage. Verantwortungsgefühl gibt es nicht mehr. Wenn es meine Aufgabe wäre, dafür zu sorgen, dass der Kasten gefüllt ist, dann wäre er voll, und niemand griffe jemals ins Leere, das kann ich Ihnen versichern. Disziplin wurde uns beigebracht. Warum, denken Sie, dass es gegenwärtig so ein heilloses Durcheinander in dieser Welt gibt? Nun? Weil der jüngeren Generation keine Disziplin beigebracht worden ist. Sie wissen nicht mehr, was Pflicht ist. Wenn man eine Aufgabe hat, muss man die pünktlich und genau ausführen. Aber heutzutage macht sich niemand mehr was draus.»

«Ach, halbso schlimm», meinte die Dame beschwichtigend, während sie kontrollierte, ob die Tüchlein richtig in dem Kasten sassen.

«Früher, in Indonesien ...», fing er wieder an.

Aber sie fiel ihm ins Wort: «Früher ist vorbei und wir sind nicht in Indonesien, leider ... Waren Sie schon draussen heute? Nein? Nun, bleiben Sie nur drinnen, es ist scheussliches Wetter. So, das ist fertig. Sie können Ihre Hände abtrocknen.»

«Nicht mehr nötig», brummte er grimmig, «die sind inzwischen schon trocken.»

«Da sehen Sie mal wieder», lachte sie und liess ihn alleine.

Er schüttelte traurig den Kopf: «Heutzutage sind die Menschen nicht mehr zugänglich.» Das war früher alles so anders. Seit seine Frau nicht mehr da war, fühlte er sich wie ein Fremder auf Erden. Caroline hatte weniger Schwierigkeiten mit neuen Ansichten gehabt. Das Benehmen so eines Fräuleins, die Oberflächlichkeit im Leben – Caroline würde wahrscheinlich gesagt haben: «So sind die Menschen nun mal; es ist eine andere Zeit.»

Eine andere Zeit, aber keine bessere Zeit. Er stand auf jeden Fall immer damit auf Kriegsfuss.

Er verliess die Toilette. Seine Haltung war kerzengerade. Das versuchte er immer noch durchzuhalten, aber es war nicht so einfach. Früher lernte man das. Er war Berufssoldat gewesen und hatte noch in Indonesien, im ehemaligen «Niederländisch Indien», gedient. Bis zum Feldwebel hatte er es gebracht, und darauf war er stolz. Was ihm hier im Altersheim vor allem fehlte, waren Menschen, mit denen er echt reden konnte über früher, über die Zeit in Indonesien, über die Japaner und so. Nur mit Caroline hatte er seine Erinnerungen teilen können. Sie hatte ihm mit endloser Geduld zugehört, während er die Ereignisse aus der Vergangenheit immer wieder aufs Tapet brachte.

Zusammen hatten sie es gut gehabt, aber jetzt fühlte er sich einsam, und das wurde immer schlimmer. Die Zeit war auch nicht auf seiner Seite. Die Menschen schienen keinen Halt mehr zu haben. Sie waren so anders. Er streckte seinen Rücken, weil er in der Spiegelung eines Fensters auf einmal sah, dass seine Haltung etwas gebeugt war. «Das passiert nur, wenn man so nachgrübelt – und wenn man 78 ist, nicht zu vergessen!»

Er ging in den Aufenthaltsraum und suchte sich einen Stuhl am Fenster. Im Sommer hatte man von hier aus einen schönen Ausblick, aber jetzt, bei dem Wetter ...

Ah, sein Rücken schmerzte. Und das durch wenige Meter Aufrechtgehen.

Er kam nicht zum Sitzen, weil jemand mit einem Staubsauger hereintrat und ihn bat, woanders einen Platz zu suchen.

«Und hier soll man zur Ruhe kommen?», brummte er. «Aus meinem Zimmer musste ich fliehen, weil da die Fenster geputzt werden, und jetzt darf ich hier auch nicht sitzen. Hier wird ein Mensch wie ein aufgescheuchtes Stück Wild behandelt. Wenn Ihr die Arbeit besser einteilen und zum Beispiel hier staubsaugen würdet, wenn wir im Speisesaal sind, dann wären wir uns nicht im Wege. Aber das wird wohl nicht erlaubt sein. Die Gewerkschaft wird wohl die Pause so festgelegt haben.»

«Murren Sie doch nicht, in einer Viertelstunde bin ich fertig und dann können Sie hier sitzen.»

Er ging zur anderen Seite des Raumes, wo einige Mitbewohner damit beschäftigt waren, den Weihnachtsbaum zu schmücken. Seiner Meinung nach recht stümperhaft. Er gab dann auch gleich einige Ratschläge, aber die wurden ihm nicht mit Dank abgenommen. «Du solltest lieber ein wenig helfen, statt von deinem Stuhl aus Anweisungen zu geben. Wir arbeiten hier, weil wir Freude daran haben.»

«Aber dann kann man genauso gut mit Verstand vorgehen. Die Spitze bekommt ihr jetzt ohne Unfälle nicht mehr drauf. Ihr holt am besten alles wieder runter, fangt von unten an und arbeitet euch nach oben.»

«Halt dich da raus. Wenn wir Ratschläge brauchen, rufen wir dich schon, Brigadegeneral!»

Beleidigt verliess er den Raum. Vor allem die letzte Bemerkung behagte ihm nicht. Sie wussten, dass er beim Militär gewesen war, und es verletzte ihn, dass sie darüber Witze rissen.

Die Tür zur Küche stand offen und der Koch winkte ihn herein.

«Herr Bosch, können Sie mir mal schnell helfen?»

«Womit?»

«Ich habe mich geschnitten und kann nicht weg. Wenn Sie mich bitte verbinden würden. Dort in der Ecke steht der Verbandskasten.»

Der Mann hatte sich böse verletzt; aber die Hand war schnell verbunden.

«Sie sind ja geschickt!» Der Koch schaute ihn bewundernd an. «Bestimmt schon öfters gemacht.»

«Ja, und schlimmere Verletzungen.»

«Im Krieg?»

«Ja.»

«Berufsmilitär?»

«Beruf bis zur Pension. Auch zehn Jahre in Indonesien gedient. Wissen Sie, was das bedeutet?»

«Aber sicher, auch wenn ich vielleicht 50 Jahre jünger bin als Sie.»

«Selbst beim Militär gewesen?»

«Jawohl, Marineinfanterist.»

«Gut! Dort wissen sie wenigstens noch, was Disziplin heisst, auch wenn es nicht mehr so ist wie früher. Aber auf jeden Fall besser als diese ungeordnete Schar, die heutzutage über die Strassen schlurft und die niederländische Armee darstellen soll. Krumme Rücken, lange Haare, Hände in der Tasche. Sie gehen so, als ob sie in die Hose gemacht hätten. Und das machen sie wahrscheinlich auch noch, bevor der erste Schuss losgeht.»

«So schlimm wird es nicht sein», lachte der Koch.

«Nicht so schlimm! ... Soldatengewerkschaft! Das hat es früher nicht gegeben. Einen Tritt in den Hintern hätten sie bekommen. Sogar Urlaubsgeld bekommen die Herren, glaube ich. Und wenn es mal etwas schwieriger wird – gleich protestieren! Männer darfst du nicht mehr aus ihnen machen. Das war früher anders, dazu könnte ich Beispiele nennen. Wenn ich sehe, wie sich die müde Schar vorwärtsschleppt, dann schäme ich mich.»

«Komm, Herr Bosch.»

«Nein, es ist mir ernst. Ich darf nicht daran denken, dass man mit solchen Typen an die Front gehen muss.»

«Es kommt nicht nur auf das Äussere an.»

«Nein, aber das Äussere eines Soldaten sagt etwas über die Disziplin. Und Disziplin ist vor allem wichtig an der Front. Dann muss gehorcht werden! Der heutige Unsinn: Mitspracherecht und Beratung! Wenn ich so einen Haufen sehe, möchte ich rufen: 'Kopf hoch, Brust raus! Nicht schlurfen, sondern marschieren!'»

Der Koch musste nach seinen Kartoffeln schauen und Herr Bosch lief zurück in den Flur, noch erregt durch die Unterhaltung.

In der Eingangshalle schaute er die Pinnwand an, die neben dem Büro hing. Nichts Neues. Sprechstunde des Arztes, Busfahrten, Weihnachtsfeier, Todesanzeigen.

Geburtsanzeigen waren hier Raritäten ...

Auf einmal wurde er aufgeschreckt, weil er seinen Namen hörte, oder hatte er es sich nur eingebildet? Nein, er hörte sie im Büro deutlich reden. Er konnte sie gut verstehen. Vielleicht, weil die Tür nicht gut verschlossen war, vielleicht, weil es so still war in der Halle. Jedenfalls verstand er die Worte, ohne sich anstrengen zu müssen. Er erkannte die Stimme der Pflegerin. Sie nannte ihn Brummbär und erzählte, was im Toilettenraum vorgefallen war. Ein anderer gab Kommentar, das jedoch konnte er nicht verstehen, aber die dritte schon, die sagte, dass er früher, als seine Frau noch gelebt habe, nicht so brummte und nörgelte.

Zuerst stieg Wut in ihm hoch und er wollte sogar ins Büro treten, um ihnen mal richtig die Wahrheit zu sagen. Er nahm sich aber zusammen und schlich sich davon.

«Brummbär», weil er die Menschen auf ihre Pflichten hinwies! Das war wohl nicht mehr erlaubt? Schuhe nicht geputzt, keinen Knopf am Kragen, keine Falte mehr in der Hose! Macht nichts, Soldat, mach, was du willst! Die Kerle mit ihrem Weihnachtsbaum, alle guten Ratschläge umsonst. Eigensinnig!

Doch ganz wohl war ihm dabei nicht. Irgendwie spürte er, dass ihm seine Frau nicht Recht gegeben hätte. Caroline hatte ihm oft gesagt, dass er den Menschen nicht wie ein Feldwebel begegnen solle, sondern wie ein netter alter Herr. Ja, mit ihr zusammen hatte der Kontakt mit den Menschen hier noch funktioniert. Aber jetzt, wo er alleine dastand, kam nichts Rechtes mehr zustande. Das musste er sich eingestehen.

«Brummbär», so sahen sie ihn. Er fand es sehr traurig, vor allem seiner Frau gegenüber, als ob er eine Art Verrat an ihr verübt hätte.

«Du musst nicht mit einer Kommandostimme zu den Leuten reden, Jakob.» Er hörte es sie noch sagen. Er versuchte schon, darauf zu achten, aber sein Ton war ihm in Fleisch und Blut übergegangen. Im Alter kann man sich so etwas schwer abgewöhnen. Eigentlich war es ihm überhaupt nicht gelungen, obwohl er sich bemüht hatte, für Caroline.

«Eure Freundlichkeit sei allen Menschen bekannt, Jakob.» Davon war nicht viel sichtbar geworden. Nicht, dass er die

Menschen nicht leiden konnte, er sah nur immer direkt die Fehler. Das war sein militärisches Erbe.

«Brummbär!»

In Gedanken versunken war er die Treppe hochgegangen, als er durch eine ungewöhnliche Szene aus seinen Grübeleien geholt wurde. Vor ihm im Flur tanzte ein nettes kleines Mädchen; leise, als ob es nur für ihre Ohren bestimmt sei, sang sie ein Lied. Und obwohl es leise war, konnte er es deutlich verstehen: «Jesus liebt alle kleinen Kinder, Jesus liebt alle kleinen Kinder, Jesus liebt alle kleinen Kinder; alle kleinen Kinder dürfen kommen ...»

Ja, wer mag keine kleinen Kinder? «So ein Schätzchen. In einem Altersheim konnte man fast vergessen, dass es so was gab.» Er dachte zurück an die Zeit, in der ihre eigene Tochter noch so klein war. Die hatte jetzt selbst schon Enkelkinder, die er aber nur von Fotos her kannte. Sie wohnten in Neuseeland, und da kommt ein Mensch nicht jeden Tag hin.

Das kleine Mädchen war sich seiner Anwesenheit nicht bewusst und er folgte dem Kind unwillkürlich; ganz leise, um die bezaubernde Atmosphäre nicht zu stören.

Ja, wenn die ganze Menschheit aus so etwas Schönem bestehen würde, dann wäre es fröhlicher in dieser Welt. Dann gäbe es nicht so viel zu kommandieren.

«Ein kleines, zwei kleine, drei kleine Kinder», sang sie weiter, «alle kleinen Kinder dürfen kommen.»

Auf einmal stand sie still und schwieg. Jakob sah, dass seine Zimmertür offen stand, und er begriff, dass das Mädchen da drinnen etwas gesehen hatte, was seine Neugierde weckte.

Um das Kind nicht zu erschrecken, hüstelte er leise und kam näher.

«Siehst du was Schönes?», fragte er.

«Was ist das?»

Er schaute ins Zimmer und verstand, dass sie die Wajangpuppen meinte.

«Das sind Puppen, aber keine normalen, das siehst du, nicht wahr?»

«Wofür sind die?» Ihre Neugierde war noch nicht befriedigt.

«Oh, das ist schwierig. Damit spielen Erwachsene Kasperletheater.»

«Mach mal vor.»

«Ach Mädchen, das kann ich nicht. Das ist ganz arg schwierig. Aber du darfst sie dir mal anschauen. Komm.»

Er nahm die Kleine mit hinein und holte die Puppen von der Wand. Er bewegte sie. Das Kind war nicht schüchtern und plapperte ununterbrochen.

Es gab vieles zu sehen in dem fremden Zimmer. Die Kleine ging von einer Sache zur andern. Ein sehr schön verzierter Dolch hatte ihr Interesse geweckt. Sie wollte auch wissen, was ein Sarong sei.

Auf einmal war ein Stückchen Leben in einem Zimmer, dem jahrelang nur das Alter seinen Stempel aufgedrückt hatte.

Auf einem Stuhl kniend, schaute sich die Kleine die Fotos auf dem Schränkchen an. Vor allem das Hochzeitsfoto fand ihre Aufmerksamkeit. Er selbst stand darauf in Uniform neben Caroline in ihrem schönen weissen Kleid. Obwohl er fast einen Krampf bekam von dem Knien neben dem Stuhl, erklärte er ihr allzu gerne, was das Bild darstelle. Nein, die Frau war kein Engel, das war seine Frau, als sie heirateten. War das kein schönes Kleid? Und der Mann, das war er selbst in Uniform. Ja, wie sollte er das erklären? Opa war damals Soldat. Seine Stimme war leise und freundlich, und ohne dass er es bemerkte, nannte er sich selbst Opa.

«Soldaten sind nicht lieb», sagte die Kleine entschlossen.

«Manche schon», lächelte er.

«Nein», beharrte sie, «die tun dem Herrn Jesus weh.»

«Dieser nicht», wollte er sagen, aber er schluckte die Worte wieder runter und legte seine Hand auf ihr Köpfchen.

«Deine Freundlichkeit sei allen Menschen bekannt.» Es stach ihm ins Herz. Durch den Kindermund hatte Gott ihn tief berührt. Er realisierte auf einmal, dass auch dieser Soldat kein guter Soldat gewesen war.

Gott hatte oft seine liebe Frau gebraucht, um ihm das zu zeigen. Und heute dieses Kind.

«Aus Erbarmen nimm mich Armen, nimm mich, Jesus, wie ich bin ...», kam ihm der Liedvers in den Sinn.

«Aus Erbarmen ...»

Für Jakob war es nicht mehr eine zufällige Begegnung. Gott hatte ihm dieses Kind geschickt.

Die Kleine ging inzwischen weiter auf ihrer Entdeckungsreise. «Ist das der Herr Jesus?»

«Nein, das ist ein Herr aus Indonesien. Das ist ein Land weit, weit weg. Da muss man mit dem Flugzeug hin.»

«Liebt der Mann den Herrn Jesus?»

«Ja, er liebt ihn.»

«Ich liebe den Herrn Jesus auch.» Sie schaute ihn an, als ob ihr plötzlich was aufgefallen wäre. «Hast du keine Mutter?»

Er begriff, dass sie Caroline meinte, und sagte: «Nein, die ist im Himmel beim Herrn Jesus.»

Er kam aus seiner knienden Haltung hoch und nahm ein Buch aus dem Bücherschrank. Damit setzte er sich an den Tisch. Es war eine alte Kinderbibel, aus der er seiner Tochter oft vorgelesen hatte. «Magst du schöne Bilder anschauen?»

Die Kleine kletterte auf seinen Schoss und machte es sich bequem. Ein warmes Glücksgefühl überfiel ihn. Er blätterte durch das alte Buch und erklärte jedes Bild. So erzählend, staunte er selbst über Gottes wunderbares Handeln mit einer in Sünde und Schuld verlorenen Welt. Sünder, die die Finsternis dem Licht vorzogen. Sie wussten selbst nicht, wie schlimm das war, aber Gott wusste es. Und deshalb kam er auf die Erde für uns alle.

Jakob zeigte ihr das Bild von Jesus als Kind in der Krippe.

«Ich finde Babys lieb.»

Der Esel war lieb, der Ochs war lieb, Maria, Josef, die Hirten, alle waren lieb. Nur die Soldaten waren nicht lieb. Die Bilder, auf denen sie vorkamen, liess er dann auch aus.

Gegenüber dem Kind konnte er sich auf seine militärische Vergangenheit nichts einbilden. Ja, er wünschte, dass er der

Kleinen erzählen könnte, er sei Hirte gewesen. So ein unansehnlicher Hirte. Wie würde sie ihn bewundert haben. Er lächelte vor sich hin, als er wahrnahm, dass er sich über ihre Bewunderung gefreut hätte. Einen Stock und Stab fand sie schöner als ein Gewehr. Das war es auch, aber in einer sündigen Welt schien der Mensch nicht ohne Waffen auszukommen. Eine Armee war ein notwendiges Übel.

Merkwürdig, auf einmal wurde ihm bewusst, dass er für seine Umgebung immer ganz andere Massstäbe angelegt hatte. Nicht Gottes Massstäbe. Ach, natürlich waren nicht alle Soldaten «böse» und nicht alle Hirten «lieb», aber er sollte sich nicht einbilden, dass dann, wenn man aus der Welt eine Kaserne machen würde, alle Probleme gelöst seien. Caroline hatte ihm das früher oft zum Bedenken gegeben und ihn darauf hingewiesen, dass man auch nicht auf alles aus dem Soldatenleben stolz sein könne. «Du romantisierst zu viel», hatte sie gesagt. «Früher, als du noch nicht in Pension warst, habe ich dich schon anders reden hören.»

Das stimmte. Es war nicht alles so positiv gewesen. Aber statt einfach Jakob Bosch zu sein, Soldat im Ruhestand, war er immer Feldwebel geblieben.

Er begriff, dass dies für seine Umgebung sehr ärgerlich sein musste. Er hätte besser auf Caroline hören sollen. Die Menschen im Büro wussten es auch. «Als seine Frau noch lebte ...», hatten sie gesagt.

Ach, damals war er auch schon ein Brummbär gewesen, aber doch weniger stark, weil sie ihn immer gebremst hatte. Jetzt begriff er, dass sie damit nicht nur seine Umgebung vor ihm, sondern auch ihn vor seiner Umgebung beschützt hatte. Er war in letzter Zeit viel einsamer geworden. Ein unverstandener Mensch ... aber durch eigene Schuld.

Eigene Schuld ... So ein Glück, dass dies bei Gott nicht das letzte Wort war! In eine Welt, verloren in Schuld, gab Gott seinen Sohn. Wie oft hatte er das in seinem Leben gehört. Und wie oft hatte er es weitererzählt, seiner kleinen Tochter, in Momenten wie diesem. Gott wurde Mensch: in Jesus Christus. Welch ein Geschenk!

Er hatte es auch geglaubt, schon, aber es war ihm, als ob es erst jetzt klar würde. Nein, er konnte die Welt nicht verbessern, er war ja selbst nicht besser als die andern. Durch sein militärisches Auftreten dachten die Menschen nur eines: «Brummbär.»

Ja, das hatte ihn verletzt. Wenn das der Eindruck war, den er hier zurücklassen würde, dann wäre das sehr traurig. Gott wusste, dass er es gerne anders wollte. Worte eines Liedes kamen ihm in den Sinn:

«Komm zu dem Heiland, komm noch heut!
Folg' seinem Wort, jetzt ist es noch Zeit!»

Es war wie ein Gebet und unwillkürlich legte er seine Hand auf den Kopf des Kindes.

Und dann legte die Kleine ihre Arme um seinen Hals und gab ihm ein Küsschen. «Du bist auch lieb», sagte sie.

Für ihn war es wie ein heiliges Geschehen, so dass er das Gefühl hatte, jetzt in Frieden sterben zu können – eine nicht zu beschreibende Empfindung der Rührung und der Nähe Gottes.

Das Klopfen an der Tür unterbrach die fast feierliche Atmosphäre. Es war die Dame mit dem Tee. Als diese die Tür öffnete und ihn dort mit dem Kind auf dem Schoss sah, bekam ihr Gesicht einen solch erstaunten Ausdruck, dass er lachen musste.

Doch die Dame rief aufgeregt: «Hier ist sie! Wie kommt sie hierher? Das ganze Haus ist in Aufruhr. Sie haben sie überall gesucht! Haben Sie das nicht gehört?»

Sie liess ihren Teewagen stehen und rannte weg. Bald kam sie wieder, aber nun mit ein paar Leuten vom Personal. Es war ein Gedränge in der Türöffnung, und als er bemerkte, wie befremdet sie ihn anschauten, wurde ihm das Peinliche der Situation erst bewusst. Er las in ihren Augen nicht nur Staunen, sondern auch Angst und Misstrauen. Da hing eine gewisse Grimmigkeit über dem Grüppchen von Menschen.

Doch was wollten sie? Was dachten sie von ihm?

Er spürte, wie die Wut in ihm hochkam und er das Bedürfnis hatte, aufzuspringen und ihnen mal die Leviten zu lesen.

Aber durch die Begegnung mit dem Kind war mit ihm etwas passiert. Waren nicht alle Sünder mit dem gleichen Wasser gewaschen? Darum verstand er sie so gut. Es war schwer, Gutes von Bösem zu unterscheiden. Hatten Caroline und er, wie so viele Eltern, ihrem kleinen Mädchen nicht eingeschärft, nie mit einem Fremden mitzugehen?

Sein Ärger verschwand, und statt mit erhobener Stimme zu wettern, sagte er ganz ruhig: «Entschuldigung, dass ich nicht daran gedacht habe, dass jemand sich fragen würde, wo sie geblieben sei. Sie sprang hier im Flur herum und in meinem Zimmer sah sie so viele schöne Sachen. Und die durfte sie sich natürlich ansehen und dann haben wir Bilder angeschaut. Ich vergass die Zeit ... Ich hätte sie direkt runterbringen sollen ...»

Behutsam hob er die Kleine von seinem Schoss: «So, jetzt schnell zu Mama ... Und nicht mehr weglaufen!»

Er schaute ihr auf dem Flur nach und sah, wie sie nach ein paar Schritten schon wieder hüpfte. Sie sang auch wieder, jetzt lauter als vorher, das gleiche Lied mit einer kleinen Änderung: «Jesus liebt alle lieben Opas ... alle lieben Opas dürfen kommen ...»

Tief erschüttert und doch so glücklich stand er da. Es war ihm, als hätte Engelsgesang nicht schöner klingen können.

In seinem endlosen Erbarmen hatte Gott ein Kind gesandt ...

Zurück in seinem Zimmer, kniete er nieder, um dem Herrn dafür zu danken. Der Brummbär ...

Das Lockenköpfchen

Es war sehr gemütlich auf dem Weihnachtsempfang. Niemand schien das kleine Mädchen zu beachten, das schon eine Weile ganz verträumt den geschmückten Baum anschaute. Die Erwachsenen waren viel zu beschäftigt damit, sich die Hände zu schütteln und sich nach dem Wohlergehen des andern zu erkundigen.

Die Kleine stand da wie im Bilderbuch. In Gedanken in ihre eigene kleine Welt versunken, den rechten Zeigefinger im Mund.

Die Welt eines Kindes liegt meistens sehr weit von dem geschäftigen Treiben der Erwachsenen entfernt. Nur wenn diese alt werden, passiert es manchmal, dass sich ihre Welten begegnen.

Darum bemerkte der alte Herr das Kind sehr wohl. Er war alleine auf dem Empfang, und ausserdem entstammte er einer Generation, die auszusterben drohte. Dann hat man oft nicht mehr so viele Hände zu schütteln. Wenn der Mensch anfängt, vor allem von seinen Erinnerungen zu leben, bekommt er wieder Platz für den Traum. Kleine Kinder und alte Menschen finden einander manchmal dort.

Er verstand, dass die Kleine mehr sah als eine herausgeputzte Fichte. Er sah es an ihrer Haltung und an dem Blick in ihren

Augen, die von einem Licht glänzten, das von weiter her kam als von den elektrischen Kerzen.

Sie schien alles um sich herum vergessen zu haben. Der alte Herr fragte sich, wo sie sich wohl befände. In dem Stall? Oder auf Bethlehems Feldern bei den Hirten?

Was würde wohl in dem Lockenköpfchen vorgehen? Auf dem Glanz einer Weihnachtskugel kann man sehr weit reisen, wenn man ein Kind ist.

Auf einmal sah sie ihn stehen. «Er schläft», sagte sie.

Der Mann lächelte und nickte.

«Seine Füsse sind kalt.»

«Das ist schlimm.»

«Nein, sie werden eine Kerze hinhalten und dann werden sie warm.»

«Was erzählst du da?» Ein Mann, anscheinend ihr Vater, kam lachend näher. «Sie ist ein kleiner Phantast.»

«Och, sie sieht nur Dinge, die für Erwachsene verborgen sind», lächelte der alte Herr.

«Nur sind es meistens Dinge, die es überhaupt nicht gibt.»

«Ich würde mich nicht getrauen, das so zu sagen.»

«Aber ich. Wir machen uns zwar manchmal Sorgen. Sie phantasiert einfach drauflos. Aber sie ist trotzdem ein lieber Schatz. Es wird wohl wieder vorbeigehen.»

«Ja, leider.»

«Wie meinen Sie das?»

«Wenn niemand sieht, was man selbst sieht, dann muss man sich wohl anpassen. So geht das meistens.»

«Mit Träumen kommt man nicht weit in diesem Leben.»

«Aber wer das Reich Gottes nicht empfängt wie ein Kind, wird nicht hineinkommen», lächelte der alte Mann. «Übrigens, haben Sie schon mal von Josef gehört? Der wurde spöttisch Meisterträumer genannt, aber Gott machte ihn zum Unterkönig von Ägypten.»

«Sind Sie Pfarrer?»

«Nein, Jurist, aber schon lange im Ruhestand.»

Das Kind hatte das Gerede der Erwachsenen nicht beachtet, aber starrte weiter, in Gedanken versunken, zu den Lichtlein am Weihnachtsbaum.

«Komm, wir suchen Mama», forderte der Vater auf und nahm die Kleine bei der Hand.

Der alte Mann schaute ihnen nachdenklich hinterher. Er merkte, dass dieser Vater eine andere Wellenlänge hatte.

Der Empfang zog sich in die Länge, und es war schon sehr spät, als sie sich auf den Heimweg machten. Das kleine Mädchen sass auf dem Rücksitz und hörte auf das Brummen des Motors und auf das Summen der Reifen über der Fahrbahn. Oder hörte sie aufgrund dieser Geräusche ganz andere Dinge? Wer kann sagen, was Kinder bewegt, wenn sie noch so jung sind? In ihrer Erlebniswelt sprechen Tiere und Gegenstände eine Sprache, die ausserhalb der Hörweite der Erwachsenen liegt.

Das Mädchen spielte mit einem Stern, den der alte Mann später am Abend für sie aus einer Serviette gefaltet hatte. Er hatte sie gefragt, ob sie wisse, was es darstelle. Das war natürlich eine dumme Frage; denn wer wüsste nicht, dass es der Stern des Kindleins war, das geboren werden würde. Geboren, in der dunklen Nacht, in dem kalten Stall, als die Engel den Hirten erzählten, dass sie sich nicht zu fürchten bräuchten, aber sich freuen sollten. «Ehre sei Gott ...»

Sie hörte die himmlische Musik und setzte sie um in Worte und Klänge, die zu ihrem Kindsein passten ...

«Weil ich Jesu Schäflein bin,
freu ich mich nur immerhin
über meinen guten Hirten,
der mich wohl weiss zu bewirten,
der mich liebet, der mich kennt
und bei meinem Namen nennt.»

«Wer hat sie das gelehrt?», fragte der Vater überrascht.

«Ich denke, deine Mutter», antwortete seine Frau. «Die kennt viele alte Lieder. Ein ganzes Potpourri. Hast du das noch nie bemerkt?»

«Und das nimmt die Kleine einfach so auf?»

«Was denkst du? Sie ist klug genug, deine Tochter.»

«Unter seinem sanften Stab geh ich aus und ein
und hab unaussprechlich süsse Weide,
dass ich keinen Hunger leide, und sooft ich durstig bin,
führt er mich zum Brunnquell hin.»

Als ob es keinen Vater noch Mutter gäbe, sang die Kleine weiter. Der Vater schüttelte den Kopf und schmunzelte.

«Jetzt hör mal: 'hab unaussprechlich süsse Weide'. Was soll ein so kleiner Spatz sich dabei vorstellen?»

«Es bleibt immer etwas zurück für später», meinte die Mutter.

«Jung gewöhnt, alt getan», spottete der Vater.

«Aber meiner Meinung nach fängt sie zu früh damit an.»

«Deine Mutter kennt übrigens fast alle Psalmen auswendig. Sie hat mir erzählt, dass sie oft dankbar gewesen ist, dass sie diese als Kind hat lernen müssen. Meinst du, dass sie damals verstanden hat, was 'aus Tiefen des Elends' bedeutete? Später hat sie darin viel Trost gefunden.»

«Nun, das glaube ich schon», besänftigte der Mann, «aber es klingt so eigensinnig ... so altmodisch! Und das ist es auch. Ich meine, die Sprache ändert sich, und das soll man doch berücksichtigen, wenn man einem Kind solche Verslein lehrt.»

«Aber es geht um den Inhalt.»

«Das meine ich gerade. Die Kleine muss doch verstehen können, was sie singt.»

«Vielleicht versteht sie mehr, als wir denken.»

«Unaussprechlich süsse Weiden?»

«Ich meine gefühlsmässig ... an Kindern wird geoffenbart, was den Weisen und Klugen verborgen ist.»

«Du redest wie der alte Herr heute Abend.»

«Welcher alte Herr?»

«Der, der den Stern für sie gefaltet hat. Er war allein. Ich meinte, dass er Pfarrer sei, aber es stellte sich heraus, dass er Jurist war. Die beiden verhielten sich wie dicke Freunde. Er hatte etwas Besonderes, fand ich ... ich weiss nicht ... ein bisschen kindisch.»

«Ja, ich weiss, wen du meinst. Es schien mir ein sehr netter Mann zu sein.»

«Ich sage ja auch nichts Schlechtes über ihn.»

Eine Weile fuhren sie schweigend durch die Nacht, jeder hing seinen Gedanken nach und starrte ins Licht der Scheinwerfer, das bis weit voraus die Finsternis vertrieb.

Auf dem Rücksitz war es still geworden. Die Kleine war eingeschlafen. Sie lag ganz entspannt da, wie das nur ein Kind ihres Alters kann.

«Ziehe eine Decke über sie, damit ihr nicht kalt wird ... Geht es so? Sonst halt ich kurz an.»

«Nein, es geht schon so.»

Bei einer Ausfahrt zu einem Restaurant bogen sie ab.

«Was machst du jetzt?»

«Zur Toilette ... Und ehrlich gesagt, ich habe Lust auf einen Kaffee, auch wenn es nur ist, um den Schlaf zu vertreiben. Du nicht? Wir müssen sicher noch eine Stunde fahren.»

«Und was machen wir mit ihr?»

«Die Kleine schläft schon weiter.»

«Können wir das wagen?»

«Warum nicht? Sieh nur, wie herrlich sie daliegt und schläft.»

«Aber wenn sie nun von irgendetwas aufwacht und bemerkt, dass sie alleine ist?»

«Ach, sie schläft bestimmt durch. Es ist ja nur kurz. Du musst nicht so ängstlich sein. In einer Viertelstunde sind wir wieder da.»

Die erleuchteten Fenster des Restaurants lockten. Sie stiegen aus.

* * *

Ein BMW, noch kein Jahr alt, genau das, worauf sie gewartet hatten. Sie sahen ihn beide gleichzeitig.

«Das ist er, alter Kumpel!»

«Meinst du, ich bin blind?»

«Sei nicht so schnell beleidigt ... Komm!»

So viel wie möglich im Schatten Schutz suchend, liefen beide Männer über den Parkplatz zum Auto. Das Öffnen der Autotür war für diese routinierten Kerle kein Kunststück. Eine Sekunde später fuhr das Auto davon.

«Läuft wie am Schnürchen», grinste der Beifahrer. «Ich würde aber nicht vorbeifahren, wenn ich dich wäre, lieber umdrehen. Möglicherweise schaut jemand raus.»

«Pass du nur auf dich selbst auf ... Ich bin gescheit genug.»

«Ich meine ja nur ... Nörgler!»

Sie verliessen langsam den Parkplatz, aber als sie ausser Sichtweite waren, rasten sie mit Vollgas auf die Autobahn.

«Fast neu», lachte der Beifahrer verstohlen. Er durchsuchte das Handschuhfach, um zu sehen, ob die Autopapiere darin lagen.

«Null, nichts!»

«Das wäre auch zu schön, um wahr zu sein. Ein Mensch kann nicht alles Glück auf einmal haben.»

«Nein, du hast Recht.»

«Was hast du dort?»

«Eine Taschenbibel.» Der Beifahrer blätterte im Büchlein.

«Stecke es ein, das wird dir gut tun.»

«Meinst du? ... Ich lese hier gerade etwas, was du dir zu Herzen nehmen kannst, mein Freundchen. Höre, ich werde es dir vorlesen: ... 'und sie wurden gerichtet, ein jeder nach seinen Werken. Und der Tod und das Totenreich wurden in den Feuersee geworfen. Das ist der zweite Tod, der Feuersee. Und wenn jemand nicht im Buch des Lebens eingeschrieben gefunden ward, wurde er in den Feuersee geworfen.'»

«Hübsch ausgedacht.»

«Nichts ausgedacht. Hier steht es und ist wahr. Wenn du bekommst, was du verdienst, kommst du in die Hölle.»

«Klar, und du verdienst den Himmel, das können wir gleich ausmachen, alter Ganove.»

«Der Herr Jesus ist im Himmel», klang auf einmal die Stimme des kleinen Mädchens, das durch das Gespräch der beiden Männer aufgeweckt worden war und die letzten Worte aufgefangen hatte.

Die Folgen ihres plötzlichen Auftretens waren fast katastrophal. Der verdutzte Fahrer erschrak so sehr, dass er einen Moment lang die Gewalt über den Wagen zu verlieren drohte, und sein Kumpel sass wie versteinert da. Sie flogen fast in die Leitplanke und rasten einige hundert Meter in Schlangenlinien über die Autobahn.

«Mein Herz sitzt in meiner Kehle», stotterte der Beifahrer, als sein Kumpel das Auto wieder unter Kontrolle hatte.

Er wischte sich den kalten Schweiss von der Stirn.

«Ich zittere wie Espenlaub», sagte der Fahrer.

«Aber was jetzt ... Was machen wir mit ihr?», fragte der Beifahrer, während er mit seinem Kopf Richtung Rücksitz zeigte.

«Ja, wer rechnet denn mit so was?», seufzte der Fahrer.

«In Zukunft besser aufpassen, bevor du einsteigst!»

«Du warst auch dabei, Kumpel.»

Der Beifahrer drehte sich um. Das Kind schaute ihm gerade in die Augen und zeigte keine Spur von Angst.

«Bist du ein Hirte?», fragte es.

Der Fahrer musste trotz allem lachen. «Er hat tatsächlich den richtigen Kopf dafür und versucht gerade, seine Schäfchen ins Trockene zu bringen.»

«Und du kannst noch lachen!», fuhr der Beifahrer ihn an. «Erzähl mir lieber, was wir hiermit anfangen sollen. Hast du eine Lösung?»

«Oh, du hast bestimmt eine.»

Der Beifahrer senkte seine Stimme, damit die Kleine es nicht hören konnte. «Wir setzen sie aus dem Auto.»

«Genau, was ich dachte. Du hast kein Herz im Leib ... So ein kleines Mädchen im Dunkeln am Rande der Autobahn! Was denkst du, dass ich bin?»

«Das sage ich dir lieber nicht! Aber was sollen wir sonst machen?»

«Eine bessere Lösung finden.»

«Wir lassen sie in der Nähe einer Tankstelle raus.»

«Unmensch», schalt der Fahrer leise. «Denkst du, dass ich da mitmache?»

«Warum nicht? Wir sagen ihr, dass sie dorthin laufen soll.»

«Und wie kommt sie wieder schnell zu ihren Eltern?»

«Das ist nicht unsere Sorge!»

«Aber meine ist es ... Wenn die Eltern die Kleine vermissen, haben sie Todesangst. Es ging uns ums Auto, aber ich möchte nicht als Kidnapper zu Buche stehen. Wir bekommen die ganze Polizeimacht hinter uns her.»

«Dumm, so ein Kind im Auto zu lassen.»

«Sie schlief natürlich.»

«Unverantwortlich!»

«Ja, lass uns darüber diskutieren.»

«Oh, willst du sagen ...»

«Red nicht so dumm!»

«Du bist ja der Gescheitere, das ist doch jedem klar! Was tun wir jetzt?»

«Bei der nächsten Ausfahrt gehe ich raus.»

«Raus! Hoffentlich nicht zurück zum Parkplatz?»

«Doch, zum Parkplatz.»

«Bist du jetzt von allen guten Geistern verlassen?»

«Nein, das bin ich eben nicht und darum fahren wir zurück.»

«Dann kriegen sie uns ... Wenn du so ein Idiot sein willst, bitte, aber ich mache da nicht mit. Ich springe lieber gleich aus dem Auto!»

«Sie kriegen uns nicht.»

«Nein, sie warten mit Musik auf uns und wir bekommen das Verdienstkreuz, weil wir das Auto unbeschädigt zurückbringen. Sind bei dir alle Schrauben locker?»

«Wo hast du deine Uhr? Schau doch mal drauf. Du bist viel zu besorgt. Mit ein bisschen Glück haben wir den Wagen innerhalb einer Viertelstunde wieder auf der alten Stelle.»

«Aber die Kleine wird uns verpfeifen. Die erzählt ihre Geschichte!»

«Die wird nicht geglaubt», meinte der Fahrer.

«Da bin ich mir nicht sicher.»

«Ich schon.»

«Und wenn die Polizei alarmiert ist?»

«Das glaube ich nicht.»

«Und wenn es doch der Fall ist? Von deinem Glauben bin ich nicht überzeugt.»

«Dann merken wir das schon noch rechtzeitig. Das muss schon ein besonders kluger Polizist sein, der uns reinlegt. Denk mal nach. Die zwei sind ins Restaurant gegangen, um etwas zu trinken, vielleicht sogar, um zu essen. Das dauert bestimmt länger als eine Viertelstunde. Ich nehme das Risiko auf mich. Aber wenn du dich nicht getraust, dann lasse ich dich hier raus.»

Sie fuhren bei der nächsten Ausfahrt raus, um wieder zurückzufahren. Der Beifahrer wollte nicht aussteigen. Er seufzte. Es war still auf der Autobahn und der BMW lief gut. Es war ein Rennen gegen die Zeit. Das Kind spielte mit dem Papierstern.

«Nimm dein Taschentuch und putze alles ab, wo du mit deiner Pfote drangekommen bist», befahl der Fahrer. «Wenn was schief geht, brauchen sie keine Fingerabdrücke zu finden. Ich sorge für meinen Teil.»

Der Beifahrer führte schweigend den Auftrag aus. Ab und zu schaute er um, und jedes Mal begegnete er den Blicken des Kindes, das ihn unbekümmert anschaute.

«Kommst du in den Himmel?», fragte das kleine Mädchen auf einmal.

«Magst du ein Bonbon?», wich er der Frage aus und suchte in seiner Tasche nach einem.

Die Kleine nickte heftig: «Ja.»

Er legte das Bonbon in das ausgestreckte Händchen, aber wenn er gedacht hatte, damit seine Ruhe zu bekommen, hatte er sich geirrt.

Sie wiederholte ihre Frage.

Er schüttelte den Kopf. «Nein, das denke ich nicht, Kleines.»

Auf einmal stand sie hinter dem Fahrer und legte ein Händchen auf seine Schulter. «Kommst du in den Himmel?»

Diese Berührung und dieses Stimmchen. Es traf ihn sehr. «Das wird, denke ich, nicht möglich sein, Schätzchen», entgegnete er langsam.

«Doch, doch», versicherte sie ihm, «ich komme auch in den Himmel!»

«Ja, du ...», meinte der Beifahrer, «aber du bist auch so lieb. Weisst du, wir sind ein bisschen unartig ... Wir sind ...»

«Hör mal auf», unterbrach ihn der Fahrer, «sage nur nicht so viel.»

«Ich frage es den Herrn Jesus», sagte die Kleine verträumt.

«Was?», wollte der Fahrer wissen.

«Ob ihr auch in den Himmel kommt.»

Der Beifahrer musste darüber lachen, aber der Fahrer sagte leise: «Das ist lieb von dir.»

Durch das Kind hatte Gott den Weg zu seinem Herzen gebahnt.

Wer sonst kann die ferne Vergangenheit, die fast vergessen schien, wieder aufleuchten lassen? Ein paar Worte, ein Lied, Bilder, die auf einmal aus der Erinnerung auftauchen, wie kostbar können sie auf einmal sein, wenn Gott sein Licht darauf wirft.

Wer kann wissen, ob die Hirten im Stall geweint haben, als sie das Kind sahen ... Als der Herr seine Hände nach Sündern ausstreckte?

Im Auto war es ganz still geworden. Die Männer schwiegen

nachdenklich. Das Kind spielte mit dem Stern und schien nichts anderes mehr zu beachten. Sie rasten durch die Nacht über die Autobahn.

Sie fanden den Parkplatz, wie sie ihn verlassen hatten. Der Beifahrer stieg schnell aus und versteckte sich im Gebüsch. Nachdem der Fahrer alles aus sicherer Entfernung überprüft hatte, fing der gefährlichste Teil des Unternehmens an. Er musste das Auto am gleichen Platz parken, von dem er es weggeholt hatte. Er war erleichtert, als er den Platz wieder erkannte und sah, dass keine lebendige Seele in der Nähe war. Jetzt musste er in aller Ruhe handeln und keine Kleinigkeit vergessen. Von ihrer kurzen Abwesenheit durfte keine Spur übrig bleiben.

Das kleine Mädchen beobachtete ihn schweigend. Als er überzeugt war, nichts vergessen zu haben, schaute er es noch einmal an.

Eigentlich war jetzt keine Zeit mehr zu verlieren. Jeder Moment, den er länger blieb, könnte fatal sein. Doch er konnte nicht widerstehen, das Lockenköpfchen zwischen seine Hände zu nehmen und es zu küssen. Dann schloss er die Tür und verschwand in der Nacht.

Als die Männer schon lange nicht mehr zu sehen waren, sass die Kleine immer noch auf dem Rücksitz und starrte in die Dunkelheit. So fanden sie ihre Eltern einige Minuten später, als sie vorsichtig die Autotür öffneten.

«He, bist du wach?», stellte ihr Vater fest.

«Wonach schaust du so im Dunkeln?», fragte die Mutter besorgt.

«Sie sind weg», flüsterte die Kleine verträumt und machte eine Gebärde mit ihren Händen.

«Hast wohl wieder geträumt», meinte der Vater und zu seiner Frau gewandt: «Phantasie hat das Kind. Sie hat sicher wieder Hirten oder Engel gesehen.»

«Sie nahmen das Auto mit», erzählte die Kleine, während der Vater das Auto startete.

«Meine Güte!», lachte der Mann. «Nein, dann waren es bestimmt keine Engelchen.»

«Dann wären sie nämlich sehr unartig», lachte die Mutter, die das Spielchen mitspielte.

«Nein!» Das Lockenköpfchen schüttelte sich heftig. «Lieb, sie sind lieb. Ich habe ein Bonbon bekommen.»

Der Vater schüttelte den Kopf: «Wir müssen so langsam was unternehmen, glaube ich. Das Phantasieren nimmt ja krankhafte Formen an. Sie fängt an, selbst daran zu glauben.»

Die Mutter deckte das Mädchen wieder zu und sprach leise: «Wer stiehlt, ist schlecht.»

Das Kind schaute sie an und entgegnete: «Aber ich hab' für sie gebetet.»

Als sie zu Hause ankamen und das Auto in der Garage geparkt hatten, schlief das kleine Mädchen. Einen Augenblick lang stand der Vater still und schaute das Kind an, das dort so entspannt lag. In der einen Hand den Papierstern, die andere Hand zur Faust geballt.

«Kleiner Phantast», flüsterte er gerührt.

Er bog sich über sie, um sie vorsichtig aus dem Auto zu heben. Dabei bemerkte er, dass sie in der verschlossenen Hand etwas verbarg. Als er sah, was es war, rief er seine Frau. «Hast *du* ihr das gegeben?»

Sie schüttelte den Kopf. «Nein», antwortete sie, «die haben wir nie im Auto.»

Das war eine Tatsache. Und rauchen taten sie beide nicht. Mit einem Kopf voller Fragezeichen schauten sie auf das Bonbon, an dem noch einige Tabakfasern klebten ...

Gott ist gut, Mütterchen

Es war ein trüber, regnerischer Tag, kein Frost, aber die Strassen trotzdem etwas rutschig.

Henk kurbelte das Fenster runter und winkte einem alten Mann, der frierend in einer Türöffnung stand.

«Haben *Sie* ein Taxi bestellt?»

«Ja, ich habe angerufen, aber nicht für mich, für oben, für Oma Meier.»

«Also, lassen Sie sie herunterkommen, die Kutsche steht bereit.»

Der alte Mann zögerte. «Könnten Sie nicht schnell helfen? Die Frau ist sechsundachtzig und kommt ohne Hilfe schlecht die Treppe runter. Ich würde ihr schon helfen, aber ich bin ganz krumm vom Rheuma. An mir hat sie keine grosse Hilfe.»

«Da haben Sie mir ja eine nette Arbeit besorgt!», grinste Henk. «Und wo soll ich meinen Wagen stehen lassen? In der ganzen Strasse hat es keinen freien Parkplatz.»

«Sie können ihn hier stehen lassen, das machen sie oft so.»

«Und wenn ich einen Strafzettel kriege? Bezahlt ihn Oma Meier?»

«Hier kommt keine Polizei!»

«Wir werden ja sehen», sagte Henk und stieg aus dem Taxi. «In welchem Stock wohnt die Dame?»

«Im zweiten ... Ich werde auf das Auto aufpassen, aber es kommt bestimmt keine Polizei. Ich würde ja helfen, wenn nicht dieses Rheuma wäre ...»

«Schon gut, gehen Sie nur wieder zu Ihrem Kachelofen, ich finde sie schon. Kommt sie an die Tür, wenn ich läute?»

«Die Tür ist offen. Wie ich schon sagte, sie ist nicht mehr so gut zu Fuss. Morgens und abends schaue ich nach ihr. Ich gehe immer für sie einkaufen, aber ich bin selbst auch nicht mehr so fit. Vierundsiebzig – und dann dieses Rheuma ... Sie können einfach reingehn.»

«Sie ist hoffentlich nicht schwerhörig, nicht dass ich umsonst anklopfe?»

«Nein, ihre Ohren sind prima.»

«Dann gehen Sie schnell an die Wärme.»

Henk stieg die Treppen hoch. Er hatte schon viel gesehen, aber in so einer Mietskaserne war er lange nicht mehr gewesen. Es war dunkel. Als er sein Knie empfindlich an einen Mülleimer stiess, rief er empört, ob Licht wohl zu viel verlangt sei. Doch keine Menschenseele rührte sich.

Im zweiten Stock angelangt, zog er die Tür auf und stand unmittelbar in einem kleinen Zimmer. Gut gelaunt, wie er meist war, hatte er bereits einen Scherz auf der Zunge. Doch der Anblick des Raumes verschlug ihm die Sprache. Eine Hand an der Klinke und ein Fuss im Zimmer, stand er da wie eine Wachsfigur; Erstaunen ins Gesicht geschrieben. Es war ihm, als ob er in der Zeit zurückversetzt worden sei. Er stand in einer Stube, die ganz im Stil der Fünfzigerjahre ausgestattet war. Es hätte ihn nicht erstaunt, wenn er plötzlich im Matrosenanzug und in Kniestrümpfen dagestanden wäre; so erinnerte ihn das Bild an seine Kindheit. Das Feuer im Kachelofen, das gemütlich vor sich hinknisterte, der Kaminsims, der zu beiden Seiten der Pendeluhr mit Figuren überfüllt war. Auf dem Tisch stand ein Tablett mit altmodischen Tassen und ein Öllicht mit einer emaillierten Kaffeekanne darauf.

Was die Szene noch echter erscheinen liess, war die alte Dame im Lehnstuhl.

«Mütterchen», sagte Henk unwillkürlich. Wie in einem Bilderbuch sass die alte Dame da, mit ihren glatt nach hinten gekämmten Haaren und ihrem gehäkelten schwarzen Schal.

«Guten Tag», antwortete sie und ein paar freundliche Augen schauten ihn aus einem runzeligen Gesicht an. Ein Gesicht, in dem Kummer und Sorgen eines langen Lebens ihre Spuren hinterlassen hatten.

«Es ist hier wie in einem Museum ... Als ob die Zeit still stehen würde», sagte Henk.

«Die Zeit steht nicht still, aber alte Menschen versuchen sie festzuhalten. Erinnerungen sind oft das Einzige, was ein Mensch noch hat ... Magst du dich hinsetzen?»

«Hinsetzen?! Ich komme nicht zu Besuch. Sie haben doch ein Taxi bestellt?»

«O ja, du hast es natürlich eilig.»

«Wo wollen Sie hin?»

«Zur Post.»

«Briefmarken holen?», scherzte Henk.

«Nein, telefonieren.»

«Meine Güte, dafür brauchen Sie doch nicht zur Post zu gehen! Im Tante Emma Laden an der Ecke oder beim Nachbarn gibt es bestimmt auch ein Telefon. Nicht, dass es mich etwas angeht, aber das ist doch viel einfacher.»

«Ich möchte meine Tochter in Maastricht anrufen. Wenn ich das im Laden oder bei Nachbarn tu', hören immer Leute zu, und die geht das alles nichts an. Auf der Post hat man so ein Kämmerlein, in dem man alleine sein kann. Das mache ich jedes Jahr kurz vor Weihnachten, mal anrufen, um zu hören, ob alles gut geht.»

«Nun, ich dachte, ich müsste Sie zu einem Ihrer Kinder fahren, weil Sie dort Weihnachten feiern. Geht das nicht dieses Jahr?»

«Ich habe keine Kinder mehr, die noch leben, ausser meiner jüngsten Tochter, ... die in Maastricht.»

«Fahren Sie denn nie nach Maastricht? Oder kommt sie immer hierher? Sicher werden Sie denken, was sich dieser junge Kerl auch einmische; aber nur um zu telefonieren, zur Post zu fahren, ist das nötig?»

Tränen stiegen der alten Frau in die Augen und ihre Lippen bebten, als sie sagte: «Ich sehe sie nie ... es ist zu weit ... sie sind zu beschäftigt ... Ich schicke ab und zu eine Karte, aber wenn ich anrufe und ihre Stimme höre ... das ist doch ganz anders. Wenn ich ihre Stimme höre, ist es, als ob sie ganz nah wäre.»

«Wollen Sie sagen, dass sie Sie nie besucht?»

«Dafür kann sie nichts», verteidigte sie ihre Tochter. «Sie sind so beschäftigt und leben so anders als ich ... Mein Schwiegersohn ... nun ja, aber er sorgt gut für meine Tochter und sie müssen miteinander leben, nicht wahr? Nur meine Enkelkinder, die hätte ich gerne einmal gesehen.»

Ihre alten Augen schauten in die Ferne und Henk bemerkte, dass er durch seine Fragen etwas aufgewühlt hatte, das sie sehr betrübte.

«Sieben Kinder hatte ich. Zwei habe ich innerhalb einer Woche verloren, an Diphterie. Was das bedeutet, kann man in Worten nicht ausdrücken. Einer meiner Söhne ist beim Fischen im Kanal ertrunken. Am schlimmsten ist es, wenn sie noch so jung sterben, dann kommt man am schwersten darüber hinweg. So bleibt ein Mensch schliesslich allein ... Zwanzig Jahre ist es her, seit mein Mann gestorben ist. Plötzlich hat man niemanden mehr, mit dem man reden kann. Dann bleiben nur noch die Erinnerungen.

Mein ältester Sohn ist am längsten bei mir geblieben. Er war nie verheiratet. Ein stiller Junge, immer schon, aber wir verstanden uns am besten. Mehr als ein Jahr ist es nun her, seit er verunglückt ist. Er war gerade vierundsechzig geworden. Er ging Brot holen ... Ich habe ihn nicht mehr gesehen ... durfte ihn nicht mehr sehen. Er ist überfahren worden, von einem Bus. Jetzt habe ich nur noch meine jüngste Tochter ... Aber ich will nicht klagen», lachte sie auf einmal. «Du wirst sicher denken, so eine alte Jammerliese, aber wenn jemand kommt und fragt, dann steigt alles wieder hoch.»

«Manche Menschen haben nur Elend in ihrem Leben», sagte Henk düster. Die Geschichte der alten Frau deprimierte ihn. «Sie haben vieles mitgemacht.»

«Wenn Gott nicht da gewesen wäre, wäre ich nicht durchgekommen», sagte sie einfach. «Ich habe glücklicherweise immer noch singen können. Ja, jetzt ist es nicht mehr anzuhören. Ich habe keine Stimme mehr. Aber das hat mich durchgetragen, dass ich wusste: Er ist bei mir. Er hält mich fest. Er macht keine Fehler.» Sie sah Henk an, dass er anderer Meinung war, und fügte hinzu: «Nein, ich hatte nicht nur Elend in meinem Leben. Mit meinem ältesten Sohn habe ich es jahrelang sehr schön gehabt. Wir waren wirklich glücklich. Glaube mir, Trauer bringt Menschen oft näher zusammen als Glück. In der Weihnachtszeit vermisse ich ihn noch mehr. Er hatte die Gewohnheit – ich kann mich nicht mehr erinnern, wann er damit anfing – mir am Heiligabend etwas mitzubringen. Es war immer das gleiche, eine Flasche Eau de Cologne 4711 und einen Beutel mit Weihnachtskeksen. Ich sehe ihn noch vor mir, wie er immer kam, mir einen Kuss gab und sagte: 'Gott ist gut, Mutter.' Mehr sagte er nicht, aber das war auch nicht nötig ... Wir verstanden uns und wussten, dass es die Wahrheit war.»

Eigentlich hatte Henk sagen wollen: «Wenn der 'liebe Gott' wirklich so gut wäre, hätte er besser auf Sie aufgepasst.» Doch aus ihren alten Augen strahlte so viel Freundlichkeit, dass er nichts erwiderte.

«Jetzt sitze ich hier und rede und rede und es geht an deinem Verdienst ab. Ich werde es schon bezahlen. Ich habe zwar nur eine kleine Rente, aber ich brauche ja fast nichts.»

«Machen Sie sich keine Sorgen, Mütterchen. Ziehen Sie Ihren Mantel an und schauen Sie, ob mit dem Ofen nichts passieren kann, dann gehen wir.»

Als sie im Halbdunkel Schritt für Schritt die Treppe hinunterstiegen, hörte Henk am Hupen, dass jemand scheinbar nicht am Taxi vorbeikam. Draussen hängte sich die alte Frau bei ihm ein und zusammen schlurften sie zum Auto.

«Dauert es noch lange?», knurrte ein zorniger Lastwagenfahrer. «Ich stehe hier schon eine Ewigkeit!»

«Halt den Mund», rief Henk ihm zu. «Mal sehen, wie schnell du vorwärts kommst, wenn du 86 bist. Vorsicht, Mütterchen, lassen Sie sich nur nicht hetzen ... Er wartet schon.»

Die alte Dame genoss die kurze Fahrt; die weihnachtlich geschmückten Läden, die festliche Beleuchtung und das geschäftige Treiben. Und auf einmal, wahrscheinlich durch die vielen Eindrücke überwältigt, begann sie leise zu singen:

«O du fröhliche, o du selige, gnadenbringende Weihnachtszeit! Christ ist erschienen, uns zu versöhnen, Freue, freue dich, o Christenheit!»

«Ein bisschen verkalkt», dachte Henk bei sich. Es war, als ob sie seine Gedanken erriet: «Du wirst wohl denken, so eine komische alte Frau, aber ich bin wirklich froh, auch wenn ich dir traurige Geschichten erzählt habe. Du hast doch nichts dagegen, Junge, wenn ich ein bisschen singe?»

«Singen Sie nur», sagte Henk, «aber wir sind schon da. Hören Sie, ich helfe Ihnen in die Post, da warten Sie auf mich. Ich gehe inzwischen das Auto parkieren und dann wähle ich Ihnen die Nummer. Sie können telefonieren, solange Sie wollen. Ich werde auf Sie warten.»

«Ja, aber, das wird eine Menge Geld kosten!»

«Mütterchen, ich bin selbständig und habe schon lange gemerkt, dass ich bei dieser Fahrt kein Vermögen verdiene, kommen Sie nur.»

Nachdem er sie in die Post gebracht und das Auto parkiert hatte, begleitete er sie zur Telefonkabine. Er setzte alle Hebel in Bewegung, um einen Stuhl für sie zu bekommen. Dann wählte er die Nummer und postierte sich vor der Tür. Er musste über sich selbst lachen. Jeden Tag so eine Geschichte und es würde ihn bald an den Bettelstab bringen. Jetzt redete sie mit ihrer Tochter. Die sollte sich schämen! «Wenn ich ihre Stimme höre, ist es, als ob sie ganz nah ist.»

Er beobachtete Oma Meier ununterbrochen. Da sass sie in ihrer kleinen Welt, ganz glücklich, allein mit ihrem Kind reden zu dürfen, dem Einzigen, das ihr noch geblieben war. Sie sagte nicht viel, ab und zu ein paar Worte, sie hörte zu und nickte. Ihre Augen strahlten. Sie sah sehr glücklich aus.

«Mein Gott», dachte Henk, «wie wenig es doch braucht, um manche Menschen glücklich zu machen!»

«Hört das alte Weib denn nie auf?», wurde Henk grob aus seinen Gedanken aufgeschreckt. Er wandte sich drohend zu dem Lümmel, der das gesagt hatte, so dass dieser erschreckt zurückwich.

«Wenn du das nochmal sagst, hau' ich dir eine runter.»

Niemand wagte sich mehr in die Nähe der Telefonkabine.

«Nun, sind Sie glücklich?», fragte Henk, als er ihr beim Aufstehen half. Sie schaute ihn nur an und nickte. Ihre Augen glänzten. Dankbarkeit, Glück und Zufriedenheit sah er darin widerspiegeln.

«Jetzt stelle ich den Stuhl zurück, hole mein Auto und dann bringe ich Sie sicher nach Hause. Warten Sie hier drinnen auf mich und passen Sie auf Ihre Tasche auf.»

Als Henk mit dem Auto vorfuhr, sah er, dass die alte Dame das Postgebäude schon alleine verlassen hatte. Und da passierte es. Ein junger Kerl griff im Vorbeilaufen nach ihrer Handtasche. Sicher meinte er, dass sie diese vor Schreck loslassen würde, doch das Gegenteil geschah. Sie presste ihre Tasche fest an sich. Der Dieb geriet in Panik. Gewalttätig entriss er ihr die Tasche. Sie stolperte und fiel. Alles spielte sich in Sekundenschnelle ab. Bevor Henk eingreifen konnte, war der Taschendieb bereits verschwunden.

Einen Moment lang wollte Henk dem Dieb nachjagen. Zorn stieg in ihm hoch. Doch dann fiel sein Blick auf das kleine Häufchen Mensch, das auf dem Gehsteig lag. Besorgt kniete er neben Oma Meier nieder. Sie hatte das Bewusstsein verloren. Sie war so unglücklich gefallen, dass sie sich am Kopf verletzt hatte. Aus einer Wunde rann zähflüssiges Blut, das in scharfem Kontrast zum leichenblassen Gesicht stand.

Henk zog seine Jacke aus und schob sie zusammengerollt unter ihren Kopf. Dann rannte er zum Auto und holte eine Decke. Als er zurückkam, öffnete sie gerade ihre Augen. Sie erkannte ihn und lächelte sogar einen Moment lang. Dann stammelte sie besorgt: «Dein Kittel ... wo ist dein Kittel? Du erkältest dich sonst.»

«Mach dir keine Sorgen», flüsterte Henk, «bleibe nur ruhig liegen und denk an deine Tochter, mit der du soeben geredet hast. Ich pass schon auf mich auf.»

Im Nu waren sie von Neugierigen umgeben. Die Sanitäter vom Krankenwagen kamen kaum durch. Als Henk sah, wie sachkundig sie Oma Meier versorgten, beruhigte er sich etwas. Im Handumdrehen lag sie auf der Trage und im Krankenwagen. Davon bekam sie allerdings nichts mit, denn sie hatte bereits wieder das Bewusstsein verloren.

«In welches Krankenhaus bringt Ihr sie?», wollte Henk wissen.

«Ins Wilhelmina. Ist sie eine Verwandte von Ihnen?»

«Nein, nicht verwandt ... Ich habe sie heute zum ersten Mal gesehen, aber es ist, als ob ich sie schon sehr lange kennen würde.»

Der Sanitäter zuckte mit den Schultern und stieg in den Krankenwagen.

Den ganzen Tag musste Henk an die alte Dame denken. Die Atmosphäre des kleinen Zimmers, das tapfer getragene Leid und das wunderbare Vermögen, mit so wenig glücklich zu sein. Eine Weile die Stimme der Tochter zu hören, die sich so wenig um sie kümmerte. An einem Tag im Jahr, kurz vor Weihnachten genug Glück sammeln, um ein ganzes Jahr davon zu zehren. Er konnte es einfach nicht fassen und immer wieder sah er das alte, runzelige Gesicht vor sich.

Diese leuchtenden Augen, als sie die Telefonzelle verliess ... Und so ein elender Kerl vergriff sich an einer alten Seele, nur für ein bisschen Kleingeld! Gut, dass er den Kerl nicht wieder erkennen würde, wenn er ihm über den Weg lief. Er würde Kleinholz aus ihm machen. Was war das für eine Welt!

Als er es sich mittags im Taxistand gemütlich machte und das Radio einschaltete, landete er mitten in einer Ansprache.

«... in dieser Zeit. Ist es möglich, Weihnachten zu feiern? Friede auf Erden? Doch um uns herum sehen wir so vieles, das dazu im Widerspruch steht. Die Uneinigkeit unter den Menschen, die Selbstsucht, der Geiz. Es ist lebensgefährlich geworden, zu leben! Werden wir nicht täglich wachgerüttelt durch Ereignisse, die uns mit Entsetzen erfüllen? Menschen werden als Geiseln genommen, andere wie Tiere abgeschlachtet. Die Gewalt nimmt überhand, international, aber auch im Kleinen. In den Städten kann man nach Einbruch der Dunkelheit nicht mehr durch bestimmte Viertel gehen. Hunderttausende sitzen unschuldig im Gefängnis, Millionen hungern. Der Mensch ist haltlos geworden. Und dann kommt die Kirche und will Weihnachten feiern. Ach was!

Was bedeutet Weihnachten überhaupt? Was feiern wir eigentlich? Wurde es Weihnachten, weil die Menschen in der Heiligen Nacht auf einmal so gut miteinander auskamen? Lieber Hörer, wir wissen es doch besser! Auch wenn Sie wenig von Weihnachten wissen, wer hat nicht gehört, dass für Jesus kein Platz in der Herberge war? Für Gott will man in dieser Welt keinen Platz machen.

Nein, Freunde, Weihnachten ist nicht das Fest der guten Menschen, sondern das Fest des guten Gottes! Er kam selbst in den Stall unseres Lebens und brachte das Fest dorthin. Auch in dieser Zeit, wenn alles um uns einzustürzen droht, will er zu uns hereinkommen und aufräumen. ‘Christ ist erschienen, uns zu versöhnen. Freue dich o Christenheit!’»

«Das sang Oma Meier heute Morgen», dachte Henk.

«Gott gibt das Liebste, das er hat, einer Welt, die in Schulden und Sünden verloren ist. Gott meint es gut mit Menschen, die von sich aus nicht gut sind. Er liebt sogar diejenigen, die nicht nach ihm fragen. Eine Torheit in den Augen des modernen Menschen, vielleicht, aber wer dies lernt zu verstehen, für den geht der Himmel auf. Der lernt lieben! Weihnachten meint: Es ist nicht hoffnungslos, weil Gott gut ist ...»

«He, pennst du?» Unsanft wurde Henk aufgestört. Ein Kunde klopfte ungeduldig an die Fensterscheibe.

«Du warst wohl weit weg?»

«Sehr weit», murmelte Henk und startete das Auto.

Als er abends das Krankenzimmer betrat, sah er gleich, dass es Oma Meier nicht gut ging. Sie bemerkte nicht einmal, dass er an ihrem Bett stand. Sie lag ganz still da, sehr klein, sehr mager, sehr alt. Auf ihrem runzeligen Gesicht lag ein Zug von Schmerz. Henk stand eine Weile ruhig dort. So endete ein Mensch letztlich, ganz allein.

«Wenn Gott nicht da gewesen wäre, wäre ich nicht durchgekommen ...», klang es ihm noch im Ohr.

Auf einmal öffnete sie die Augen und schaute ihn an. Sie musste sich anstrengen, um ihn wieder zu erkennen. Langsam kam die Erinnerung, und da war es wieder, das Lächeln in den alten Augen, wie heute Morgen, als sie mit ihrer Tochter redete. Ja, eigentlich war es mehr als ein Lächeln. Das Fest strahlte heraus.

«Das Weihnachtsfest», dachte Henk.

«Hallo, Mütterchen», flüsterte er heiser und griff vorsichtig nach ihrer alten Hand.

«Da liegst du jetzt, wie eine Prinzessin.»

Sie versuchte zu sprechen, konnte aber kaum einen Laut hervorbringen. Henk zog eine grosse Flasche, die grösste, die er hatte finden können, aus der Tasche.

«4711 ... was sagst du jetzt? Und hier, wenn es dir wieder besser geht, Weihnachtskekse.»

Aus den alten Augen strahlte so überwältigendes Glück, dass es den grossen starken Kerl tief traf.

«Hast du dir ... das gemerkt ...?», murmelte sie und ihre Tränen flossen.

«Hast du Schmerzen, Mütterchen?», fragte er erschrocken.

Sie schüttelte sachte den Kopf und streichelte kurz seine Hand.

«Ich habe es von deinem Sohn übernommen», sagte er und eine Welle der Ergriffenheit packte ihn. Dann legte er seine grosse Hand auf ihren Kopf und gab ihr sachte einen Kuss. Tränen standen in seinen Augen, als er flüsterte: «Gott ist gut, Mütterchen!»